ROSE MUSEAU

Jean-Pierre Ancèle est représenté par l'agence Trames.
ISBN : 978-2-494062-35-1
editions-fugue.fr

Jean-Pierre Ancèle

ROSE MUSEAU

Roman

FUGUE

DU MÊME AUTEUR

AU RENDEZ-VOUS DES PAS-PAREILS, *Éditions Phébus*, 2022

Tiens bien ton parapluie, il va tomber dans le ciel.

Louise

CHAPITRE UN

Indécis toujours, Modard fit un pas en avant.

Pantalon noir collant à ses maigres jarrets avec, aux pieds, semblables à des chaussons de danse, de fines chaussures de toile noire, l'homme, qu'il voyait de trois quarts, semblait d'un autre temps. Une tignasse rousse, serrée, presque rase, lui tapissait le crâne et la nuque puis se perdait dans le col élimé d'une redingote grise boutonnée jusque sous le menton. À ses chevilles en grosse pelote de poils, trois rats blottis les uns contre les autres attendaient qu'on ouvre leur cage. La couleur de leur pelage évoquait celle de la redingote. Un quatrième, séparé de ses compagnons par un solide grillage, semblait profondément endormi.

Autour du dresseur, une dizaine de badauds, nez en l'air, suivaient la progression de deux rats le long d'une étroite planche longue d'environ trois mètres, posée à chacune de ses extrémités sur la petite plateforme de deux escabeaux de bois. Sûrs de leur affaire, les rats avançaient sans hâte. Le premier faisait quelques pas, s'arrêtait, regardait devant lui, sur les côtés, vers le sol, semblait d'un bref coup de museau évaluer la distance à parcourir puis reprenait sa progression. Il ne se retournait jamais. Non loin derrière, le second rat suivait sans impatience. Il n'avait pas à se préoccuper d'éventuelles embûches, l'autre s'en chargerait.

Aussi pouvait-il considérer tout à loisir les spectateurs en dessous.

Comme la fois précédente, Modard ressentait un curieux malaise. Aucun doute, le rat passait les spectateurs en revue, comme s'il avait eu l'intention de se souvenir d'eux.

À quoi est-ce que ça peut penser un rat avançant en équilibre sur une planche au-dessus des gens ?

Est-ce que ça pense ? tentait de se rassurer Modard.

Soudain, le premier rat glissa, faillit tomber entraîné vers le bas par son cul qu'il avait gras, mais, enfonçant ses griffes dans le bois, il réussit un habile rétablissement. Il se hissa de nouveau sur la planche, reprit l'aplomb et se remit en marche, toujours suivi de son compère plus curieux qu'inquiet.

Alors là, on peut dire que ça a été moins une. Je leur ai pourtant montré. Combien de fois ? Bon, enfin, y a pas de bobo. Heureusement qu'il l'entretient, sa planche. Pour ça, on ne peut pas dire, il est sérieux, Urbain.

En dessous, les badauds s'étaient reculés. Pas envie de se prendre un rat sur la gueule.

Parvenus à l'extrémité de la planche, les deux rats s'assirent sur la plateforme. Immobile jusque-là, le dresseur plaça devant eux un morceau de quelque chose qu'ils se mirent aussitôt à lacérer et dont il ne resta bientôt plus trace.

Ils ont fait des progrès. Faut dire, je les ai fait bosser ces deux-là. Les autres aussi, mais eux, ils passent en premier, alors, hein, pas de faux pas.

Prêts à entrer en scène à leur tour, trois autres rats sortirent alors de la cage, gravirent rapidement à la queue leu leu les barreaux et rejoignirent les deux autres sur la petite plateforme.

Seul dans la cage au pied de l'échelle demeurait derrière la grille de séparation le rat qui semblait dormir, museau dans le ventre.

La consigne ne tarda pas. Modard entendit le dresseur adresser aux trois rats quelques sons gutturaux mêlés de brefs sifflements aigus. Rien là d'un véritable langage, pourtant il ne faisait aucun doute que le dresseur communiquait avec ses bêtes. Immobiles, oreilles et moustaches tendues, museau pointé vers le dresseur, les animaux lui accordaient toute leur attention. Le dresseur se tut et tira de la poche de sa redingote une guimbarde qu'il pressa contre ses incisives. Oreilles et moustaches semblèrent frémir davantage. Les vibrations de la lamelle d'acier montèrent crescendo des dents du dresseur tandis qu'il esquissait un pas de danse. Reprenant ce pas, les cinq rats entamèrent sur la plateforme une curieuse chorégraphie qui s'ouvrit sur une ronde, puis le premier tourna sur lui-même avant de sauter par-dessus les quatre autres arc-boutés côte à côte, en appui sur le museau et les pattes arrière. La figure achevée, les rats firent le tour de la plateforme pour finir assis comme des enfants jouant à la chandelle.

En bas, les gens applaudirent avec enthousiasme ce numéro impeccablement réglé. Impassible, le dresseur ramassa près de la cage une soucoupe de faïence ébréchée qu'il fit lentement passer parmi les spectateurs. De son bras tendu, il écarta bientôt ceux du premier rang pour permettre à tous de déposer pièces ou rares billets.

Franchement, il est bien ce numéro. Je suis sûr que les gens ne se rendent pas compte du boulot qu'il faut pour ça. Et pendant ce temps, moi, je me fais chier dans cette cage, tout seul, derrière la séparation. Mais c'est moi qui devrais y être là-haut pour leur faire voir de la vraie voltige, pour leur en mettre plein les yeux. Mais non, à attendre que ça passe, à ronger ce bout de grillage, plus pour passer le temps qu'autre chose. Si ça continue, je le coupe le grillage et alors là, alors là…

Modard s'était glissé jusqu'au second rang. Il déposa deux pièces dans la soucoupe et examina le visage de l'homme. Parmi les taches de rousseur, deux yeux gris sous un front étroit et d'épais sourcils roux, un nez court et pointu, une bouche à peine dessinée. Sous la mince lèvre inférieure, au-dessus du menton pointu aussi, on devinait une mouche couleur de rouille. Quel âge pouvait-il avoir? Trente ans? Quarante?

Il faut qu'il ait un âge, quand même, songea Modard, sans bien savoir si c'était nécessaire.

La quête achevée, l'homme empocha la soucoupe et son contenu, puis adressa un imperceptible signe de tête aux rats toujours assis, immobiles. Ils descendirent illico l'échelle jusqu'à la cage. Les badauds commencèrent lentement à se disperser.

Bon, c'est bien, ils ont bien bossé. Urbain va être content de la soucoupe. Évidemment, c'est pas comme quand je faisais mon numéro. Là, ça sonnait et ça trébuchait dans la porcelaine. Mais bon sang, qu'est-ce qu'il a bien pu venir lui raconter, le vieux des oiseaux? C'est depuis ce coup-là, depuis qu'il est venu lui parler que je suis tricard. C'est quand même moi le clou, c'est moi qui fais les grosses soucoupes au marché. Alors?

En dépit de l'heure matinale, le spectacle était fini, mais sur la vaste place cerclée de hauts marronniers, le marché aux animaux du dimanche achevait son installation, offrant aux curieux d'autres points d'intérêt – marchands de bonbons, de gâteaux, de savon, et la cheminée fumante et noircie de la grosse machine d'un brûleur de cacahuètes.

Pourquoi donc part-il si tôt ? se demanda Modard.

Le dresseur replia les deux escabeaux qui supportaient la planche, appuya l'ensemble contre un arbre et souleva à deux mains la cage aux rats. Il se dirigea vers une petite camionnette blanche garée à deux pas le long du trottoir, posa la cage et ouvrit la portière arrière.

— Beau spectacle, dit Modard en s'approchant, remarquable comme ils vous obéissent. On ne voit pas ça tous les jours. Vous partez déjà ? La matinée commence à peine.

Le dresseur se retourna et considéra en silence cet intrus et sa question.

— Reculez, ordonna-t-il soudain.

Modard fit deux pas précipités en arrière.

— Des sandalettes, dit le dresseur, et sans chaussettes... Non, vraiment... Les rats, ça raffole des pieds. Surtout les orteils. C'est charnu, les orteils, croquant, que de la viande et du cartilage. Et juste à portée.

Baissant les yeux, Modard vit contre le grillage cinq rats agglutinés, une masse compacte de poils gris foncé parsemée du rose tendre de leurs museaux. Les mailles de la cage se hérissaient de longues incisives.

— Ils n'avaient pourtant pas l'air bien méchant sur la planche.

— L'air ? Ce sont des rats, répondit le dresseur, ils n'ont pas d'air, juste leur nature.

— De rats.

— De rats.

Saleté de grillage. Je m'en serais bien tapé un. Deux ? Peut-être. Un amuse-gueule, pour me consoler un peu de rester attaché dans la cage. L'orteil, c'est du cartilage, bien tendre, pas tout à fait de l'os, ça se mordille, et ça se suçote, une friandise, on peut faire durer. Bien sûr, ça n'est pas nourrissant, juste du plaisir. Il n'y est pour rien, ce type, mais des sandalettes, franchement…

Le dresseur plaça la cage à l'intérieur de la camionnette, enfourna les deux escabeaux repliés et la planche avant de refermer sans bruit la portière.

CHAPITRE DEUX

— Je ne peux pas traîner. Qu'est-ce que vous voulez? demanda le dresseur sans cesser de jeter des regards furtifs autour de l'endroit où Modard et lui se tenaient.

Sa main n'avait pas lâché la poignée de la portière qu'un homme s'approchait d'eux, dans l'espèce de trottinement que lui permettaient son grand âge et la canne sur laquelle il s'appuyait. La chaîne d'une montre à gousset se perdait dans la poche d'un gilet de gros velours noir assorti à son costume.

— Faut y aller, monsieur Urbain, lança-t-il au dresseur. Ce n'est pas prudent d'être venu ce matin.

— Il est déjà là?

— Non, mais il ne va pas tarder. S'il vous trouve, ça peut mal tourner.

— Il ne va pas finir par me foutre la paix, celui-là? Ils doivent être réparés depuis le temps, ses chats. Un accident, ça peut arriver tout de même. Et d'abord, qu'est-ce qu'il faisait lui pendant ce temps, hein? Où il était?

— Ben, je vous ai dit...

— Ouais, il n'avait qu'à prendre ses précautions avant. On ne laisse pas sa place comme ça, sans surveillance, juste parce qu'on a envie. Je rentre, père Mistol, mais demain je reviens, et pas de si bonne heure, c'est férié demain, il y aura du monde. Pas question de perdre la recette. Tiens, on fera même deux représentations.

— Deux, eh bien dites donc. Évidemment, la recette...

Ça n'empêche, elle lui a salement esquinté, sa marchandise, votre bestiole.

Pour le père Mistol qui, jusqu'à un passé récent, avait élevé et vendu des poules, le règne animal n'était composé que de bestioles.

— Si vous aviez vu ça, ajouta-t-il à l'adresse de Modard. À votre place, monsieur Urbain, je ne traînerais pas dans le coin. Bon, je voulais juste vous prévenir. Faut que je retourne aux miennes, de cages.

L'homme reparti, le dresseur rajusta le col de sa redingote et passa au volant de sa camionnette.

— J'y vais, lança-t-il à Modard, si vous voulez qu'on parle, montez.

Modard prit place à côté du dresseur. À l'arrière, pas de siège ; juste une épuisette, les deux escabeaux, la planche et, à distance de la cage, un sac fermé par une ficelle sur lequel une main enfantine avait inscrit à l'encre noire le mot « croquettes ».

Une odeur âcre et chaudasse vint se coller à Modard comme une entraîneuse trop grasse dans une boîte de strip-tease bon marché à l'heure de la fermeture.

Il eut la sensation qu'elle se glissait contre sa peau par le col ouvert de sa chemise.

— Les fenêtres sont bloquées, dit Urbain. Moi aussi je préférerais les ouvrir, mais presque tout est déglingué, là-dedans. L'odeur, c'est normal, les rats.

— C'est fort, fit Modard, mais j'imagine que vous êtes habitué, vous ne la sentez plus.

— Si, répondit le dresseur en démarrant, je la sens. Beaucoup. Au début, ça vous colle à la peau, un peu comme une entraîneuse trop grasse dans une boîte de strip-tease bon marché à l'heure de la fermeture. Mais ensuite, on n'y pense plus. On la sent, c'est tout. Salopard, ajouta-t-il pour lui-même.

Si elle ne lui plaît pas l'odeur, il n'a qu'à descendre, celui-là. Non, c'est vrai quand même, c'est pas nous qui lui avons demandé d'y monter, dans la camionnette. Quelle odeur, d'abord? Je ne sens rien moi, et les autres non plus, je pense. Si, bien sûr, ça sent l'homme, pas franchement ce qu'on préfère, mais bon, on supporte, on ne se plaint pas, alors il n'a qu'à faire comme nous.

— Salopard, grinça à nouveau le dresseur entre ses dents.

— Pardon?

— Bourfre. Encore une journée foutue. Salopard, il se permet de louer trois espaces. Quand il est installé, on ne voit que ses chats sur la place. Il fait les plus grosses recettes du marché. Ah, c'est qu'il ne les donne pas, ses chats, Bourfre, et pourtant les gens payent sans compter, sans compter, vous m'entendez. Comme si l'idée d'avoir un chat devait vous faire oublier votre arithmétique. Entre nous, je me demande bien pourquoi. Vous savez, vous?

— Les goûts, dit Modard... Mais je suis d'accord, sur les chats on en a toujours beaucoup fait.

— Là aussi on se demande pourquoi. Toujours à se faufiler, à se frotter, et que je te saute sur les genoux, et que je te lèche un doigt...

— Sûr qu'un rat qui vous frotterait les mollets ou qui vous sauterait sur les genoux, ça serait une autre paire de manches, remarqua Modard.

— Les rats, ça ne lèche pas. Ça sait se tenir, les rats. Pas un jour de marché sans qu'on vienne lui en acheter de ses chats, au Bourfre. Et pas un, cinq, six.... Au prix qu'il les vend, il ne les perd pas, ses dimanches.

— Qu'est-ce qu'il a contre vous ?

Urbain regarda Modard.

— C'est à cause de l'autre jour.

— Ah ?

— Un mois de ça. Un de ceux-là, derrière, celui que j'ai isolé, vous voyez? Il est sorti de la cage pendant que je m'occupais des autres sur l'escabeau. Je laisse toujours une ouverture au pied de l'échelle pour qu'ils puissent monter ou redescendre, un bon numéro, ça demande des entrées et des sorties.

— Tout à fait d'accord, dit Modard, très important, le mouvement.

— Comment vous savez ça, demanda Urbain, vous êtes de la partie ?

En dehors de quelques banalités échangées avec des spectateurs à la fin des représentations, le dresseur rencontrait peu de monde. Ce type-là commençait à l'intriguer. Qu'est-ce qu'il lui voulait avec ses questions ?

Qu'est-ce qu'il lui veut à Urbain, avec toutes ses questions ? Je la sens venir encore une fois l'histoire du vieux.

— Et alors, dit Modard, qu'est-ce qui s'est passé ?

— Lui, c'est le clou du spectacle. Il ne se produit qu'à la fin. D'habitude en attendant son tour, il dort, alors bien sûr je ne me suis pas méfié. Je n'ai rien vu venir. Il a attendu que je sois occupé et il a filé en douce.

— Filé ? ... En douce ?

— Personne ne l'a vu. Comment il s'y est pris, j'en sais rien. Un vrai courant d'air. Droit sur le stand à Bourfre, à l'autre bout de la place.

— Mais ça fait bien cent mètres. Personne ne l'a vu, vous dites ?

— C'est pas ordinaire, hein, vous êtes d'accord. Faut vous dire que lui, derrière, il est tout sauf ordinaire.

Le dresseur marqua une pause pensive avant de reprendre :

— Bourfre, ses chats il les assied dehors, exposés si vous voyez, sur des coussins pour que les gens puissent venir les caresser. Le b.a.-ba, dans le commerce du chat. Un chat caressé, c'est un chat vendu, surtout s'ils sont avec des gosses, bien rare qu'ils repartent sans. Bourfre, il connaît les ficelles, avec les chats, ça n'est pas bien difficile.

— Celles-là, tout le monde les connaît, abonda Modard.

— Pour dire qu'il n'a pas grand-chose à faire, le Bourfre, ils se vendent tout seuls, ses chats… Pas comme moi, toujours à m'escrimer pour trouver du nouveau… Bref, une fois rendu devant son stand, le mien, là derrière, il prend le temps de leur passer sous le nez, tranquillement, comme à la revue. Pas mieux pour les exciter, il le savait. Les chats, au quart de tour, ils démarrent.

— Tous ?

— Tous. Le chat, ça en a plus dans la griffe que dans la tête. De vraies furies, les voilà qui se mettent à essayer de l'alpaguer. Mais Bourfre, ses chats, il ne veut pas risquer qu'ils se carapatent, alors il les retient par une laisse. Au prix que ça coûte, il ne faudrait quand même pas qu'ils prennent le large. Le rat, ne me demandez pas comment, mais pour la laisse, il savait.

— Il s'était renseigné ?

— D'après vous il s'est lancé à l'aveuglette ? Il improvisait ?

— Vous venez ici depuis longtemps ?

— Dans les trois mois. Si on reste plus longtemps au même endroit, on risque de lasser son public. Pas facile, le badaud du dimanche, il veut de la nouveauté.

— Ah, pour ça… Et en semaine ?

— Pas d'animaux sur les marchés en semaine. Sauf ceux qui se mangent, les morts. En semaine, les marchés c'est que ménagères et vieux. Ça ne fait pas un public. Alors nous, on se réserve le dimanche. Et aussi les jours fériés, comme demain, tiens. Sauf quand il pleut, quand il pleut le monde ne vient guère. Et la planche est vite glissante, il pourrait y avoir de la casse.

— Ah, la casse… répéta Modard en un écho presque inaudible.

— Je dis ça, mais les rats, ça sait tomber, rectifia le dresseur. Même pas besoin de leur apprendre.

— Oui, approuva Modard, les rats, c'est connu, ça tombe bien.

— Vous êtes connaisseur ?

— Pas plus que ça…

— Tenez-vous bien, il se retourne et il se met à pisser sur les moustaches d'une paire de siamois qui s'apprêtaient à lui sauter dessus. À deux, ensemble, faut du vice, non ? Mais question vice, le siamois, c'est le chat du chat. Sauf que…

Captivé, Modard en avait oublié la strip-teaseuse.

— Sauf que lui, reprit le dresseur, il les avait repérés. Bien sûr, ils bondissent, ces deux cocus. Mais je t'en fous, trop courte, la laisse. Alors, il ne bouge pas. Il finit d'arroser. Sur les moustaches, tranquille. Eux, ils tirent, ils en manquent de s'étrangler, ces deux furieux. Et là, ça a été à son tour de sauter. Une sacrée fête, il leur a faite, aux siamois. Ah s'ils l'ont dansée la tonkinoise ! Et pas qu'à eux. Ils y sont tous passés, les chats de Bourfre, au bout de leur laisse. Une sacrée corrida.

— J'imagine. Un rat, ça mord, non ? Et ça griffe.

— Un rat, c'est du danger. Toujours. J'en sais quelque chose.

Le dresseur releva la manche droite de sa redingote. Une boursouflure violacée filait du poignet au coude comme une vipère endormie sous la peau diaphane.

— S'il s'était contenté de les mordre, on pourrait comprendre. Mais lui, ce n'est pas un rat ordinaire. Il avait une autre idée.

— Ah? fit Modard, c'était quoi son idée?

C'est vrai ça, c'était quoi son idée? Qu'est-ce que ça peut bien mijoter, un rat qui s'attarde devant un banc de chats juste après leur avoir distribué plaies et bosses et copieusement arrosé les moustaches? s'interrogeait Modard.

— Écoutez, depuis le temps, je croyais les connaître, les rats, et depuis j'y ai bien réfléchi, avoua Urbain, mais une idée comme ça... pour l'avoir, il faut qu'il soit spécial, celui-là. Figurez-vous que le rat, les chats à Bourfre... Non, vous n'allez pas me croire.

— Dites...

— Les chats, il a sauté par-dessus, et une fois derrière...

— Non!

— Si! Ni une ni deux, il les a baisés. Là sur leur banc, en ligne, allez hop, les derniers outrages, tous à la casserole.

— Les mâles aussi? fit Modard incrédule.

— Déchaîné, je vous dis. Ça vous en bouche un coin, avouez.

— J'avoue, avoua Modard.

— Remarquez que moi aussi. Une chose comme ça, j'en avais jamais entendu parler. En tout cas pas chez les rats. Comme quoi, on croit les connaître et puis...

— Vous parlez d'une histoire...

— Ah, s'ils se sont mis à miauler, les greffiers. Les siamois, déjà que d'habitude ça pousse des cris à vous arracher les oreilles, là vous imaginez, avec les autres sur le banc, une vraie chorale de damnés. Les chats crachaient, criaient, sifflaient, essayaient de se détacher, mais la laisse tenait bon. Et mon rat, pas plus pressé que ça, qui passait de l'un à l'autre, et vas-y que je te fourre, que je te saute. Une vraie bacchanale, d'après le père Mistol.

— Mistol ?

— Le marchand d'oiseaux, celui qu'est venu me prévenir. Moi de ce côté-ci, je n'ai rien vu, j'étais trop loin. Il surveillait le stand pendant que Bourfre était parti à la pissotière et au marchand de saucisses. C'était l'heure de sa prostate et de son casse-croûte, à Bourfre. Mistol, il ne savait pas quoi faire pour arrêter le rat. Il avait peur d'approcher. Faut comprendre, et d'une il n'est plus tout jeune, Mistol, et puis quand il s'agit de choisir entre être mordu par un rat en rut ou se faire arracher la peau par des chats hystériques, on hésite. Il a traversé la place pour venir m'avertir, mais agité comme il était et tout essoufflé, il m'a fallu un moment pour comprendre ce qu'il voulait. Je me suis précipité avec l'épuisette pour attraper le rat, comme ça, voyez, un coup à prendre.

Le dresseur esquissa un geste du poignet si preste que Modard fut incapable de le saisir.

— Vous l'avez eu ?

— Pensez donc. Il avait filé.

— Alors ?

— J'ai couru partout. Heureusement, Bourfre n'avait la tête qu'à ses chats. Finalement je l'ai retrouvé. Vous ne devinerez jamais où.

— Où?

— Je vous le donne en mille. Dans la cage.

— Pas possible...

— Exactement ce que je me suis dit. Le dernier endroit où je l'aurais cherché. Et l'air de rien, avec ça. Juste d'attendre son tour de sortir faire son numéro là-haut. Mais je ne suis pas resté là à me poser des questions, hein, je n'allais pas attendre que Bourfre rapplique. D'accord, il lui faut du temps pour pisser, et il y avait de la réparation urgente, mais tout de même... J'ai remballé en vitesse et salut la compagnie. Je ne suis pas revenu depuis, le temps que ça se calme, mais on ne peut pas rester sans travailler, hein?

— Quelle histoire...

Bon, et voilà, ça y est. Il l'a racontée, Urbain, l'histoire.

— Que voulez-vous, les rats, c'est comme les gens, conclut le dresseur, c'est pas parce qu'on les fréquente qu'on les connaît...

— Comme les gens, comme les gens..., voulut objecter Modard.

— Des fois il n'y a pas de différence. Tenez, cette histoire de baiser tout le monde, si on y réfléchit, c'est plus des manières d'hommes que de bêtes, non? Qu'est-ce qu'ils faisaient les barbares, Attila et sa bande, les Vikings à peine débarqués, et les uhlans en 70, et tous les autres, hein, vous n'allez pas me dire que c'est des rats, tous ceux-là.

— Eh non, admit Modard, pas de rats là-dedans.

CHAPITRE TROIS

Le dresseur arrêta sa voiture à un feu, vérifia sa cargaison d'un coup d'œil dans le rétroviseur et redémarra.

— Un rat échappé, ça arrive. Les miens, sans me vanter, jamais. Avant ce coup-là, je veux dire. Qu'est-ce qu'ils iraient faire ailleurs, je vous le demande. On s'entend bien, eux et moi. Et puis je les ai à l'œil. Mais celui-là, il m'avait piégé à faire semblant de dormir. Pendant que j'étais parti lui courir après, les autres attendaient. Mettez-vous à leur place, ils ne savaient pas s'ils devaient continuer ou s'interrompre jusqu'à mon retour. Ils faisaient la gueule quand je suis revenu, surtout qu'en plus il a fallu remballer dare-dare avant la fin du numéro.

— Mais, les circonstances… concéda Modard.

— Arrêter un numéro en plein milieu, vous imaginez?

— Ça, il faut des circonstances…

— On est d'accord, et là, question circonstances, j'étais servi. Ça ne fait rien, ils n'étaient pas contents. Conscience professionnelle. C'est qu'ils travaillent dur, vous savez. Et ils ont leur fierté, leur fierté d'artistes. Mais le père Mistol avait entendu Bourfre dire qu'il allait me crever, et mes rats aussi. C'est un sanguin, ce type-là. Remarquez, ça se comprend, avec ses chats tout bancals, plus un seul qui pouvait tenir seulement assis. Et impossible de les approcher. Même après lui, ils en avaient. D'après Mistol, ils n'étaient plus jolis à regarder ses chats. Son banc et ses coussins non plus. Il pouvait les remiser, Bourfre.

— J'imagine.

C'était plutôt manière de dire. L'histoire que le dresseur était en train de lui raconter ne laissait pas beaucoup de place à l'imagination. De plus, les détails du récit d'Urbain suffisaient à captiver Modard.

— Partir si tôt, vous vous rendez compte. Un bon numéro, ça ne se gaspille pas. Alors moi, je vous le dis, un mois, ça suffit. Aujourd'hui c'était manière de tâter le terrain, mais demain c'est décidé, je reviens et je reste, Bourfre ou pas. Des jours fériés, il n'y en a pas tant que ça, faut pas les perdre, les jours fériés, c'est là que le badaud sort.

Les jours fériés, c'est connu, le badaud abonde.

CHAPITRE QUATRE

— Justement, dit Modard, je l'ai vu, votre numéro, le mois dernier. C'est pour ça que je suis revenu aujourd'hui, pour vous parler.

Je me disais bien que je l'avais déjà vu celui-là. C'est moi qui étais là-haut sur la planche en train de les captiver. Je l'ai repéré tout de suite à son air de vouloir et de ne pas oser, d'hésiter, de ne pas être bien à l'aise dans ses sandalettes. Quand je suis redescendu, il était parti. De toute façon, le spectacle était terminé.

— Vous voulez savoir comment je les dresse, ça on me le demande souvent. Du travail, du travail, encore, toujours du travail.

— Non, c'est autre chose.

— Un spectacle, alors? Chez vous, pour l'anniversaire de vos enfants?

— Non, dit Modard. Je n'ai pas d'enfant.

— Tant mieux. Les enfants et les rats, ça ne va pas ensemble.

Le dresseur se pencha vers Modard.

— Les rats, on aura beau faire, ça n'ira jamais avec grand-chose...

La camionnette allait toujours, à l'allure mesurée d'un cheval ou d'un âne pas mécontent de rentrer après le boulot. Modard laissa le dresseur poursuivre.

— Mais, demanda Modard, vous le gardez?

— Quoi?

— Le rat. Vous le gardez? Le rat qui a...

— Vous ne voudriez tout de même pas que je m'en sépare. Je vous l'ai dit, c'est le clou, le meilleur. Un comme lui, on n'en trouve pas deux dans une carrière de dresseur, croyez-moi.

Ça, mon Urbain, je ne te le fais pas dire, petit veinard.

Modard se retourna. Il compta rapidement six rats.

— Vous le voyez, tout seul derrière le grillage, dit le dresseur. Après cette histoire, je préfère attendre pour le ressortir.

En y regardant mieux, Modard observa qu'en plus du grillage qui l'isolait, le rat était retenu aux barreaux de la cage par un collier étrangleur.

— C'est bien lui, s'exclama Modard, je le reconnais, je ne suis pas près de l'oublier.

Un acrobate de cette trempe, ça ne s'oubliait pas en effet. La triple pirouette renversée amorcée par un pivot espagnol et terminée par une double roue vrillée, ça l'avait laissé baba, Modard.

— Jamais vu ça, il m'a littéralement estomaqué sur la planche. Et croyez-moi, des acrobaties, j'en ai vu.

— Estomaqué, hein ? Vous n'êtes pas le seul. Du génie qu'il a celui-là. C'est ça le plus terrible.

Le dresseur avait prononcé ces derniers mots sur le ton de l'accablement. Modard crut devoir lui adresser quelques mots d'encouragement :

— Allez, vous allez sûrement bientôt pouvoir le remettre en selle. Ce n'était peut-être après tout qu'une crise passagère, un accès de fièvre.

— Sacrée fièvre, non ? Je voudrais bien vous croire...

— Vous avez peur qu'il recommence ?

— Allez savoir, répondit le dresseur, en tout cas je préfère attendre. Je continue à le surveiller de près. Surtout, je voudrais comprendre. Expliquez-moi comment j'ai fait pour ne me douter de rien. Un vrai débutant. Si Mistol ne m'avait pas prévenu, je ne me serais peut-être même pas aperçu qu'il était sorti de la cage. Et puis…

— Quoi ?

— Au fond, ce qui me chiffonne, c'est pourquoi il les a juste…

— Juste, juste…, vous y allez fort, remarqua Modard.

— Oui, mais il aurait pu aller plus loin.

— Plus loin ?

— Il aurait pu les tuer, articula lentement Urbain.

Non mais ça ne va pas chez lui ? Qu'est-ce qu'il raconte ? Qu'est-ce que c'est que ce délire ? J'ai l'air d'un tueur, moi ?

Devant la camionnette un nouveau feu passa opportunément au rouge. Véhicule et conversation marquèrent une halte provisoire. Le dresseur gardait les yeux sur la route. Modard se retourna vers la cage.

CHAPITRE CINQ

— Au fait, dit le dresseur en redémarrant, je m'appelle Urbain. Mes rats n'ont pas de nom, mais moi, c'est Urbain. Pourquoi faudrait-il que les bêtes aient un nom ?

Modard ne s'était jamais posé la question. Elle le prit au dépourvu.

— Les gens, eux, ils parlent à leurs chiens ou à leurs chats, alors, qu'ils leur donnent des noms, on peut comprendre, même si, entre nous, c'est complètement idiot. Imaginez un peu le contraire. Si un chien donnait un nom à son propriétaire.

— Ah oui, dit Modard, et d'abord où irait-il le chercher ?

— Je vous le demande… Bon, de toute façon, un rat c'est pas une bête à qui on parle facilement. Leur langue à eux, ce n'est pas du chien ou du chat, ou même du perroquet, non. Faut du temps. Et pas seulement. Des gestes aussi. Attention, quand je dis des gestes, pas n'importe lesquels. Des gestes qu'ils comprennent, des gestes pour rats, vous voyez.

Non, Modard ne voyait pas. Pas du tout.

— Je pourrais vous en montrer quelques-uns, mais là, je conduis. Et puis, ça ne vous dirait rien. Vous n'êtes pas un rat, ajouta Urbain en rigolant.

On va encore loin ? se demanda Modard tandis qu'un feu encore attendait de repasser au vert.

— J'y ai bien réfléchi. Et ce que je crois, c'est qu'il a fait exprès de s'arrêter là. Comme un coup d'essai. Pour évaluer la difficulté, vous voyez ? Tous ces chats, ça fait du monde.

Tuer un banc de chats, c'est de la besogne pour un rat tout seul. La préparation, il l'avait faite, mais il ne devait pas se sentir tout à fait assez fort, ou il ne lui restait plus assez d'énergie.

Une fois de plus, Modard se retourna vers la cage.

— C'est quand même une grosse bête, observa-t-il. Je ne crois pas en avoir déjà vu un aussi gros.

— Des plus gros, il y en a. Vous avez déjà rencontré un rattus norvegicus ? Non, hein, croyez-moi, vous vous en souviendriez. Lui, c'est un rattus rattus. Un gros, c'est vrai. On n'en rencontre pas souvent de cette taille ; c'est même étonnant qu'il soit si agile et si rapide. Remarquez, c'était peut-être juste un coup de chaud, j'ai déjà vu ça, mais on ne peut jamais être sûr. Faudrait demander à un médecin.

— Vétérinaire, vous voulez dire.

— Ne me faites donc pas rire avec ceux-là. Vous croyez que ça les intéresse, les vétérinaires ? Ils s'en foutent bien, des rats, les vétérinaires. Pas des bêtes qu'on soigne. Ou alors si, dans les laboratoires. La médecine des rats, on la fait surtout là, si vous voyez ce que je veux dire. Dans les laboratoires, ils les soignent, oui, mais à leur façon.

CHAPITRE SIX

La petite camionnette allait toujours pépère. Elle suivait à courte distance un couple de cyclistes qui pédalaient côte à côte en bavardant, raquette en bandoulière. À l'intérieur, les deux hommes se taisaient comme quand on réfléchit. Décidément, Modard ne connaissait vraiment rien aux rats. Une première, cette histoire avec les chats. Même le dresseur s'était fait avoir.

Le regard distraitement posé sur les jupettes plissées des deux cyclistes, il commençait à se demander s'il ne ferait pas mieux de descendre au prochain feu rouge.

— Pourtant, reprit soudain le dresseur... Depuis cette histoire avec les chats, je le trouve changé.

— Remarquez, il y aurait de quoi.

— Toujours couché, à dormir dans un coin, il ne bouge presque plus. Je pourrais presque me dispenser de l'attacher, mais je me méfie quand même un peu.

— Vous croyez qu'il est malade ?

— Non, il a toujours le museau bien rose, et de l'appétit. Non, ce qu'il a, ça ressemble à autre chose. Il rumine. Une espèce de comment dire, de spleen, de mélancolie...

— Le blues ?

Urbain se tourna vers Modard.

— Peut-être bien, oui, qui l'aurait pris d'un coup et qui ne le lâche plus.

— Ou peut-être qu'il n'a pas eu le temps de finir ce qu'il avait commencé...

— J'aimerais bien le savoir…

Modard se fit rassurant.

— Bah, le plus souvent, ça passe.

Urbain hocha la tête.

— Possible…

Devant la camionnette, la rue était déserte. Les deux cyclistes avaient pris à droite au précédent carrefour.

— Vous pensez à quoi ? Quelque chose de grave ? demanda encore Modard.

— Ça se pourrait. Il ne se mélange plus aux autres. Il reste dans son coin. Il ne les laisse pas s'approcher. Quand je vous dis qu'il dort, c'est vrai, mais pas tout le temps. Chez nous, au contraire, il a plutôt l'air, comment dire, aux aguets, comme s'il attendait quelque chose.

— Quelque chose ?

— Une occasion. L'occasion… d'y retourner.

— Chez les chats ?

La voix du dresseur se fit plus grave.

— Je ne vois que ça. Et alors, faudrait pas que les chats de Bourfre lui retombent sous la dent. Quand je dis la dent, c'est façon de parler.

Alors comme ça, j'aurais un gros blues, le cafard en douze mesures sur un air de trompette bouchée. Mais c'est pas moi ça, pas du tout…

Pas la porte à côté, celle d'Urbain. Un véhicule de temps à autre croisait le leur sur ce bout de route à présent peu fréquenté.

— J'aimerais me tromper. Parce que si c'est ça… Tenez, les autres, maintenant, il leur fait peur. Même les rates. D'habitude, les rates, elles se tiennent toujours prêtes, accueillantes, enthousiastes. C'est dans leur nature, elles fréquentent de bon cœur et elles ne sont pas difficiles. Eh bien lui, elles ne s'en approchent plus.

Le dernier feu ne les retint pas longtemps. Le dresseur marqua une pause, le temps de passer la première.

— Et le plus bizarre, c'est que lui non plus ne s'approche plus d'elles. Ni des mâles. Comme s'il ne voulait plus avoir affaire à eux. Normalement, les rats, c'est le groupe ou rien. Un rat tout seul, ce n'est plus un rat. Il s'emmerde, il broie du noir, il perd le goût des choses. Et lui, c'est quand même un rat, alors si je l'isole davantage, avec son blues, comme vous dites, il risque de devenir encore plus fou. C'est pour ça que je le laisse avec les autres, même si je vois bien qu'ils goûtent de moins en moins sa compagnie.

Je voudrais bien le voir, lui, à ma place, attaché comme ça, avec un étrangleur depuis la fameuse fois. Quelle fois, d'abord? S'il croit que ça me donne envie de rigoler avec les autres ou de courir le croupion.

Modard se retourna de nouveau.

— Mais, fit Modard, qu'est-ce qui vous dit qu'il est fou?

Le dresseur leva un peu le pied avant d'appuyer en direction de Modard un long regard silencieux.

— Au fond, je n'en sais rien, reprit-il. Il a peut-être une bonne raison de leur sauter dessus pour leur foutre une avoine et les baiser comme ça, sur le banc. Mais c'est quand même un mystère, celui-là. Je ne pourrais même pas vous dire d'où il sort. Les rats, les autres, c'est mon élevage. Je sais d'où ils viennent, quand ils sont nés, je connais leurs parents. Pas lui. Lui, je l'ai trouvé.

CHAPITRE SEPT

— Un jour, comme ça, cinq ou six mois en arrière. Là, dans la cour, devant la maison. À croire qu'il m'attendait. Au premier coup d'œil, j'ai repéré qu'il n'était pas ordinaire. Il s'est laissé glisser le long de la gouttière, pas craintif du tout, ni agressif, comment dire ? à l'aise. Il m'est même venu à l'idée qu'il n'était peut-être pas arrivé jusque-là par hasard. Curieux, non ?

— Ah, fit Modard, le hasard…

— Je n'ai pas bougé, il s'est approché jusqu'au bord de la gouttière. Vous allez rire, mais j'ai eu l'impression qu'il voulait que je le voie de plus près. Et pas seulement, mais que lui aussi voulait me voir de plus près. Alors on a pris notre temps… Ce qu'on doit regarder en premier chez un rat, c'est le museau. C'est fou ce que ça peut vous en apprendre, un museau. Surtout chez un rat. Et des museaux, croyez-moi, j'en ai vu. Mais un comme le sien, jamais. Ce rose, c'était vraiment une première. Velouté, tendre, tout en nuances que les moustaches semblaient vouloir disperser dans l'air. Appétissant avec ça… De la fesse de bébé, ce museau. À se demander d'où il le tient. Mais le plus beau…

— Dites…

— Eh bien, comme je disais, il avait l'air de m'attendre, d'être venu là exprès pour me trouver. Tiens, un peu comme vous ce matin.

Comment Modard devait-il prendre cette remarque ?

— Dans la cour, reprit le dresseur, il a sauté du toit sur la selle du vieux vélo, un rétablissement avant de longer sans se presser la barre en équilibre sur les pattes arrière, et, mine de rien, comme si c'était naturel, il a enchaîné un triple salto vrillé depuis le guidon pour atterrir juste là, à mes pieds.

— Un triple salto, vous êtes sûr ?

— Vrillé, oui monsieur, parfaitement, et le rétablissement, alors là, impeccable. Ah ça, il y avait du métier là-dedans. Et pour finir, je crois bien qu'il a salué, mais j'étais comme vous, estomaqué, alors je ne pourrais pas le jurer. Un champion qui me tombait dessus, en plein milieu de la cour. De la recette sur pattes, ça, et de la belle. Vous parlez d'une aubaine. Je n'allais pas le laisser filer.

— Je vous comprends…

Modard aussi en avait du métier, assez pour savoir qu'un vrillé sur un triple salto, ça se réussissait une fois sur cent… Mille ?

— D'ailleurs, il ne voulait pas partir. Il m'a suivi à la cave et quand j'ai ouvert la cage, il est entré pour casser la graine avec les copains, comme s'il s'était invité chez nous.

Ouais, c'est à peu près comme ça qu'on s'est rencontrés tous les deux. Bien sûr, je n'étais pas là par hasard. J'avais décidé d'aller le trouver en voyant son numéro un jour ou deux plus tôt au marché. Les marchés, j'y vais pour chercher de quoi casser la croûte. Toujours des épluchures qui traînent ou des os, ou des bouts de lard les jours de chance. Pas forcément de quoi se remplir, mais ça calme toujours un peu la faim. On dit une faim de loup, mais nous autres aussi on a souvent la dent sèche. J'en avais plus que marre de traîner comme ça d'égout en caniveau, tout seul, à crever la dalle. Quand j'ai vu ce qu'il leur faisait faire, j'ai compris qu'on allait s'entendre lui et moi ; le numéro n'était pas mal, d'accord, mais ça restait du tout-venant. Non, avec moi, Urbain, il allait passer à la vitesse supérieure.

— Évidemment, tout de suite au marché, ça a été lui la vedette. Et le plus fort, c'est que les autres auraient pu être jaloux : c'est vrai, un nouveau qui arrive comme ça, on ne sait pas d'où, sans crier gare, et qui se taille la part du lion… On aurait pu s'attendre à du grabuge, surtout avec les jeunes, ils ont les dents longues, les jeunes. Et bien, pas ça, vous m'entendez, pas ça. Et vous savez pourquoi ?

Pourquoi, là, c'était un mystère pour Modard.

— Parce que, reprit Urbain, tout de suite il leur a donné des conseils, des vrais, des utiles, sur la technique, la façon d'exécuter les gestes justes, d'obtenir les meilleurs effets avec le minimum d'effort. Ils n'ont pas été longs à l'apprécier. Il leur apprenait des figures, et à moi aussi. Des figures que je n'avais jamais vues. On a vite compris qu'on aurait du mal à se passer de lui désormais. Pour ce qui est d'être populaire, il n'a pas tardé à le devenir. Et puis pendant les pauses, il nous racontait un peu sa vie.

— Il avait dû en voir.

— Vous parlez. J'aurais bien voulu la connaître mieux, leur langue, parce qu'il leur en a raconté, et ça avait l'air de drôlement les captiver.

Faut dire, ils n'avaient pas vu grand-chose. Des gosses de cage, ça ne bénéficie guère d'horizons lointains. Et encore, ils ne pouvaient pas se plaindre, Urbain, il les traite bien ses rats, bien mieux que certains qui les crèvent au boulot. Celle-ci, de cage, je ne vais pas y rester longtemps.

Moi j'ai toujours aimé me balader, à la boussole de mon museau. On habitait près du grand marché depuis des générations et on comptait bien y rester. Et puis un jour, patatras ! Déménagement général.

Moi, j'ai le goût de l'aventure, je suis resté. Une nouvelle vie au bout du museau. J'avais hâte de voir ce qui allait se présenter : eh bien, pas grand-chose pendant pas mal de temps. Là, tout seul, plus de copains, et obligé de courir de plus en plus loin pour trouver à manger. J'ai appris à me méfier des pièges parce que les hommes, ils n'en sont pas avares. Ils savent en inventer de nouveaux tous les jours. Pas marrante, cette vie-là, non. Pour m'occuper, je me suis mis à faire de l'exercice, à courir de plus en plus vite, escalader les murs, les gouttières, à me faufiler, me planquer dans les caniveaux, dans les trous, me camoufler surtout. Ça m'a bien servi. J'ai pris du muscle et je passe partout. Le reste, les numéros, c'est venu en regardant les autres sur les marchés.

— Ah oui, leur langue...

— En rat, voyez-vous, je ne possède que les rudiments. Mais de les voir tous comme ça apprendre avec lui, faire des progrès, ça me suffisait, je n'avais pas besoin de parler. On allait pouvoir bâtir un fameux numéro.

— Celui que j'ai vu l'autre fois.

— Exact. Sauf que depuis les chats, il n'y a plus rien à en tirer.

— Faudrait pouvoir lui parler. Vous pourriez peut-être...

— Non, je vous dis.

— Mais aux autres, tout à l'heure, sur la planche, vous leur parliez, non ?

— Oh, des bribes, du rat de cuisine. Je ne ferai jamais le tour de leur langue, à ces bêtes-là. De toute façon, s'il a des projets question chats, je serais bien étonné qu'il me les confie.

— Ceux-là, non, mais d'autres.

— C'est trop bête, non ? Il fait des choses que les autres ne pourront jamais apprendre. Il se lance dans des figures qu'on n'imaginerait pas, même moi. C'est un artiste, lui, il invente, il crée. Mais depuis un mois plus rien, la recette souffre. Et quand la recette souffre, chez nous, elle ne souffre pas toute seule. Bon, mais tout ça ne me dit pas ce que vous me voulez.

CHAPITRE HUIT

À l'approche du bercail, dans le dos de Modard la cage commençait à s'agiter.

Il n'était pas le premier à aborder le dresseur. D'autres, pour des tas de raisons, s'intéressaient à ses bêtes. Un spectacle d'animaux, ça vous agrémente vachement un pot de départ ou une fête d'anniversaire, et les rats d'Urbain, question spectacle, on aurait eu du mal à trouver mieux. Jusqu'à des directeurs de cabaret qui étaient venus au marché lui parler engagements, contrats juteux, tournées, Amériques.

Plus jeune, peut-être... Mais à présent Urbain rechignait à s'éloigner trop longtemps. Et puis le rat est casanier, on ne le trimballe pas n'importe où, comme des lapins ou des colombes de chapeau-claque.

Et surtout, laisser la maison...

Avec l'autre, à côté.

Urbain se contentait donc du marché. Jusque-là, bon an mal an, les soucoupes avaient suffi au quotidien. Les dents trop longues, vient un jour où on ne sait plus où elles sont à traîner. Même les rats s'en méfient, toujours soucieux de limer les leurs.

Et les fourreurs, combien Urbain en avait-il renvoyé à leurs ateliers ? Faut reconnaître que le poil de ses rats, souple, soyeux, luisant, avait de quoi les attirer. Tous ces reflets d'argent, ces nuances de métal. On lui en avait certes offert de jolies sommes, mais pas bien difficile d'imaginer le massacre. Et pour quoi ? Des manchons, des toques, des manteaux ? Et un jour, le poil n'avait plus fait recette.

La fourrure était passée, mais demeurait l'ultime avanie.

En blouses, masqués comme des conspirateurs de passages secrets, scalpel au clair, seringue au poing, les acharnés de laboratoire qui vous assaisonnaient à longueur d'année des cohortes entières de rats et de souris.

— Vous ne faites pas là-dedans, au moins ? demanda le dresseur.

— Dans quoi ?

Modard n'avait pas troublé le silence qui enveloppait les pensées d'Urbain.

— La science, les expériences. Les rats avec trois queues ou une grosse oreille dans le dos.

La question cingla Modard comme une brûlure d'orties.

— Ah, mais pas du tout, protesta-t-il.

— Si c'est ce que vous êtes venu chercher, vous pouvez descendre tout de suite. Des cobayes, chez moi, il n'y en a pas. Jamais, vous m'entendez, jamais. Ils n'ont qu'à s'y prendre autrement, les savants, pour aider le monde. On se demande bien à quoi...

Ils s'étaient engagés sur les pavés irréguliers d'une impasse à l'angle d'une rue aux trottoirs étroits plantés ici et là de tilleuls anémiques. Le dresseur arrêta la camionnette devant un portail de fer à la peinture verte écaillée sur toute sa hauteur. La boîte aux lettres anonyme ne révélait aucun numéro.

Il coupa le moteur et se tourna pour faire face à Modard.

— Quand ils montrent des chats ou des chiens, alors là, tout le monde s'y met. De loin, qu'on les entend gueuler. Pas touche aux chats, la science. Aux chiens non plus. Et que je t'écris des lettres, et que je te signe des pétitions...

Pauvres bêtes, pourquoi on leur fait du mal ? Les chiens c'est utile, surtout dans les pavillons. Ceux qui mordent, ils ont leurs raisons. Suffit de pas s'en approcher. Ou c'est la faute des maîtres qui ne savent pas les tenir. Et les chats, on ne peut pas leur reprocher de mordre, aux chats. Eux, c'est de la compagnie, de la beauté, de l'inspiration. Là-dessus, tout le monde est d'accord.

— Tout le monde, renchérit Modard.

— Et voilà, vous aussi. Ah, ils ont la partie belle.

— Désolé...

— Les rats, vous avez déjà vu beaucoup de monde les défendre, eux ? Les vedettes, les grandes gueules, quand c'est pour les rats, elles ne se pressent pas de venir dérouler les banderoles. Les chats oui, les rats, non. Deux poids deux mesures.

Urbain lâcha le volant pour montrer dans une main les poids, dans l'autre les mesures, avant de reprendre :

— Pourtant les rats, à leur manière, ils leur tiennent aussi compagnie, aux gens. Seulement, discrets, pas toujours à se mettre en avant. D'abord, ils n'auraient pas le temps. Quand ils sortent, c'est qu'il y a besoin, pour le casse-croûte de la famille. Pas une mince affaire, ça, parce que chez eux, la famille, elle est nombreuse. Mais les gens, de ça, ils s'en foutent. Les rats, ça les dégoûte, c'est tout. Ils n'en veulent pas de cette compagnie-là. Ils ne pensent que piège et poison. Alors qu'est-ce qu'ils font, les rats, ils se planquent. Mettez-vous à leur place...

Il a raison, Urbain. Cent fois. Mais à notre place, qui est-ce qui va s'y mettre ? Vous ?

Encore enveloppée dans son voile de grisaille, la banlieue pas bien réveillée avait sa gueule de dimanche matin.

— Partout il y en a, promenez-vous la nuit, vous verrez. Pourquoi la nuit ? Cette question. Pour ne pas déranger, voilà pourquoi. Et puis aussi parce que depuis le temps, ils ont compris qu'on ne veut pas d'eux. Ce n'est pourtant pas faute de rendre service. Tiens, prenez les poubelles, eh bien elles seraient bien plus lourdes le matin s'ils n'étaient pas là pour y faire le ménage pendant qu'on dort, bien tranquilles. C'est pas rendre service, ça ? Et discrets, sans rien demander. Juste qu'on les laisse faire leurs affaires et qu'on leur foute la paix. Mais non. Et pourtant on gagnerait beaucoup à les connaître.

— On dirait bien, acquiesça Modard.

— Ils n'ont qu'à les faire sur eux-mêmes les expériences, ils verront si c'est le progrès, d'avoir trois jambes ou deux trous du cul.

La science, songea Modard à la lumière de cette éventualité anatomique, se croit vraiment tout permis.

— Et dans les refuges, des chats, vous n'en trouverez pas beaucoup. Quand il y en a, on les dorlote, et ils n'y restent jamais longtemps. À peine arrivés, déjà adoptés. Mais les rats, vous pouvez toujours les chercher, il n'y en a pas. Les rats, c'est des puces et de l'encombrement. Vous tombez sur un rat, l'idée ne vous viendra pas de le garder. Vous avez déjà vu quelqu'un adopter un rat, vous ? Un blanc, peut-être, à la rigueur. Mais les blancs, je vais vous dire moi, ce ne sont pas de vrais rats. Le plus souvent des bestioles qu'ont été bricolées dans des éprouvettes, pas des rats.

— Mais, objecta Modard, il en faut, pour les maladies.

— Les maladies, quoi les maladies ?

— Les maladies qui s'attrapent.

— Ah, alors d'après vous, c'est les rats ? Certaines, peut-être, je ne dis pas, et encore. Mais ce n'est jamais eux qui les fabriquent. Ils se cantonnent au transport. Et encore, pas si souvent. La peste, ça ne date pas d'hier, et ils n'y étaient pas pour grand-chose, pour rien même. C'était les puces, la peste. Tout le monde le sait aujourd'hui. Mais qui l'a porté, le chapeau ? Et en 70, ils ont mangé quoi, les Parisiens, quand il n'y a plus eu de chevaux ni de chiens et que les chats s'étaient tirés, hein ? Qui c'est qui les a empêchés de crever de faim ? Plus tard, dans les tranchées avec les poilus, ils n'ont pas eu peur d'y descendre ronger du boche, les rats, pas peur de finir en brochettes sur les baïonnettes prussiennes. Chez eux aussi il y a eu de la perte, et pas qu'un peu.

Sans compter, songea Modard, qu'au fond de la casemate, les soirs de déprime, quelques rats en visite, ça fait un peu oublier sa misère.

— Pas un monument, même pas un de décoré. De la gêne, qu'ils étaient, rien d'autre. Et pour finir, en 18 a-t-on pas été leur coller sur le dos la grippe, l'espagnole ? Un comble ! Pour un peu, les morts de la guerre ça aurait été à cause des rats ; mais bon sang, c'est quand même pas eux qui éternuaient dans les gamelles. Ils ont fini par admettre qu'ils n'y étaient pour rien dans la grippe. Bien obligés. Mais on attend encore que l'état-major se fende d'un mot d'excuse.

Urbain, outré à l'évocation de cette injustice, asséna au volant un coup de poing rageur.

— Aujourd'hui, elle s'attrape où, la grippe ? Je vais vous le dire, moi. Dans l'autobus on l'attrape, parfaitement, dans l'autobus.

Modard dut admettre l'indéniable. Le dresseur porta l'estocade.

— Et des rats, vous en voyez souvent dans les autobus ?

La partie était gagnée. De toute façon, Modard, convaincu par la démonstration, avait choisi son camp.

Urbain quitta enfin son siège et sortit de la voiture. Modard fit de même. Il s'était plus ou moins habitué aux généreux effluves de la strip-teaseuse, mais il ne fut pas mécontent d'aspirer une bouffée de ce qui soufflait sous les branches des tilleuls.

— Vous avez raison, dit-il, deux poids deux mesures, ce n'est pas juste.

Urbain avait ouvert la portière arrière et posé la cage sur le trottoir. Il referma le véhicule.

— Passez, dit-il, en poussant le portail de la petite cour, on va s'asseoir dans la cuisine, je remonte une bouteille, on trinque et je vous écoute.

Modard suivit le dresseur sur quelques mètres de gravier jusqu'aux trois marches mal ajustées d'un petit perron. D'un côté de l'allée sur un carré de gazon pelé, deux rosiers s'épuisaient sans succès à bourgeonner à l'ombre d'un empilement de jerrycans cabossés. De l'autre, appuyé contre un muret de parpaings, un antique vélo noir attendait l'improbable cycliste qui l'emporterait loin de tout ça.

La porte du pavillon, coiffée d'une marquise crasseuse, était ouverte.

— Installez-vous, dit le dresseur, en s'effaçant. Je les descends chez eux et j'arrive.

Emportant avec lui la cage aux cinq rats plus un, il souleva de sa main libre près du perron une plaque de tôle ondulée et disparut par un étroit escalier.

CHAPITRE NEUF

Improbable sous le petit pavillon, le vaste sous-sol était éclairé par un unique tube au néon vissé sur une poutre au centre du plafond. Au pied de l'escalier, à côté d'un râtelier à bouteilles s'entassaient dans une grande panière d'osier béante des sacs de croquettes vides soigneusement pliés. Posée sur une table de ferme dont l'un des pieds, trop court, était calé par une brique, une vieille volière transformée en cage attendait le retour de ses locataires. Le dresseur y fit passer les occupants de la cage de transport. À l'exception du solitaire qui dut attendre pour sortir qu'Urbain soulève la grille de séparation et le libère de son collier, les rats tout à la joie de rentrer chez eux s'empressèrent d'aller courir sur le sol couvert de paille fraîche et de s'enfourner le museau dans les mangeoires. Derrière un grillage intérieur, dans un fatras de paille, de croûtons de pain et de vieux jouets, une dizaine de femelles et une foule de petits en tas les accueillirent à grand bruit. De chaque côté, le dresseur avait disposé des planches pour l'entraînement à l'équilibre, des balançoires d'où l'on pouvait sauter dans la paille, une grande bassine de nage, et une roue.

Presque un mètre de diamètre, en bois dur poli pour ne pas s'abîmer les pattes. On se mettait à l'intérieur à deux ou trois et on pouvait tourner là-dedans vite, très vite, de plus en plus vite en pédalant sur les barreaux, jusqu'à ne plus savoir où on était tellement la tête vous tournait.

Ah, il y avait vraiment de quoi s'amuser. Avant.

Désormais, le solitaire ne laissait personne s'approcher de la roue. La bassine et les balançoires, il s'en fichait, tout le monde pouvait en profiter, mais la roue, il la réservait à son usage unique.

Confisquée.

Il ne s'en éloignait jamais. Pourtant, on voyait bien qu'il n'était plus joueur. Plus du tout. Les autres ne comprenaient pas les motifs de cette attitude, mais personne ne s'aventurait à en percer le mystère. Avant, tous les rats le trouvaient bon copain, formidable, surtout dans son numéro sur le fil au marché, ou quand ils le regardaient ici s'entraîner à réaliser ses ébouriffantes figures. Les téméraires essayaient de l'imiter, tentaient d'en copier une, mais vas-y, même avec les moins compliquées ça finissait presque toujours par de la casse. Le plus souvent on se retrouvait ficelé comme une paupiette, des attelles autour des pattes, en attendant de pouvoir remarcher ; ça pouvait prendre des jours, des semaines parfois, et ensuite ça n'était jamais comme avant. Ceux qui avaient essayé avaient vite compris la leçon.

Heureusement, Urbain ou la petite étaient toujours là pour vous ramasser.

À présent, fini tout ça. Il dormait toute la journée au pied de la roue et dès qu'on voulait s'approcher, juste pour faire un petit tour, même pas très longtemps, il découvrait ses incisives. On n'insistait pas, on se dépêchait d'aller jouer à autre chose. Les rares fois où il grimpait sur la roue, ténébreux et renfermé, on se contentait de le regarder tourner en silence.

Les rats ne savaient pas si le dresseur l'avait remarqué, mais les incisives du maniaque, comme ils s'étaient mis à l'appeler dans son dos depuis l'affaire du marché, poussaient plus vite que les leurs. Parfois sans qu'on sache pourquoi, il partait d'un rire glacial, et on les voyait longues et acérées sous ses moustaches, sous ce museau d'un rose différent, trop clair, trop... chair.

Il pouvait rester des heures sans bouger, comme un rat mécanique attendant un tour de clé.

Dans la grande cage, au bout d'un mois, on avait presque fini par se résigner. Après tout ça le regardait, s'il ne voulait pas s'amuser avec les autres, qu'il fasse comme bon lui semblait.

Et voilà. Je l'attendais ce passage. Alors comme ça, on pourrait raconter cette histoire de chats, me faire porter le chapeau sans demander d'explications, sans que j'aie le droit de me défendre, et en plus il faudrait que je fasse comme si de rien n'était. Le maniaque, manquait plus que ça. La roue, c'est trop dangereux pour eux. Qu'est-ce qu'il ira montrer au marché, Urbain, quand ils seront tous amochés, à clopiner sur la planche, hein ? À l'intérieur, je tourne pour réfléchir, il me faut la paix, c'est pour ça que je découvre les dents, elles ne sont pas plus longues, on en voit juste davantage. Bon sang, qu'est-ce qui s'est passé avec ces chats ? J'aurais un trou de mémoire ?

Le dresseur accrocha sa redingote à une patère et enfila une blouse couleur rentrée des classes. Il s'assura d'un coup d'œil que la petite avait correctement rempli les abreuvoirs et les mangeoires. Superflu : la petite n'oubliait jamais rien.

Il prit deux bouteilles au casier, hésita, en ajouta une, et éteignit le néon avant de remonter.

CHAPITRE DIX

Assis sur une chaise de formica jaune assortie à la table, Modard parcourait la cuisine du regard.

Face à lui, perché au sommet d'un vaisselier blanc à deux portes, un petit bonhomme de bois, nez en l'air, pipe au bec et canotier sur la tête, était sorti prendre le soleil, tandis qu'une bonne femme du même bois, sombrement vêtue, tête baissée et parapluie sous le bras, se tenait en retrait de l'autre côté d'un court thermomètre à mercure.

Pas son jour, à cette bonne femme. Elle ne sortait que par vilain temps. « Quand c'est qu'il fait trop chaud, on n'est pas bien dehors, mieux vaut rester à l'intérieur et s'occuper à son ouvrage. Toujours quelque chose à faire de mon côté du thermomètre. »

Sous la fenêtre où pendait une paire de rideaux jaunis en coton crocheté, quelques assiettes de porcelaine blanche ébréchée et des couverts séchaient sur l'évier. Le long du mur opposé, à côté d'une porte fermée que Modard supposa de chambre, un vieux fauteuil trapu au velours vert élimé séparait à la manière d'un arbitre indifférent un gros frigo ronronnant de la cuisinière à pétrole coiffée d'une bouilloire grise à l'émail écaillé. Face à la cuisinière, une espèce de haut bahut à portes coulissantes occupait un angle de la pièce. Accroché à une ampoule nue, un tortillon attrape-mouches exhibait au-dessus de la table ses trophées amorphes ou vibrillonnants bleus ou verts. Côté cour, dans l'ouverture de la porte, pendait un rideau de lamelles de plastique multicolore.

Modard aurait pu être chez sa grand-mère, au temps où la banlieue était à la campagne. Il s'était attendu à être plus mal reçu au marché ; pourtant le dresseur, en dépit d'un abord revêche, n'avait pas eu l'air fâché qu'on s'adresse à lui. Peut-être Modard lui avait-il semblé différent des curieux qui l'abordaient parfois. Dans sa redingote lustrée, Urbain n'avait rien d'amène. Quant à son numéro de rats, on voulait bien le regarder, mais en se ménageant de la distance.

Modard avait fait le premier pas, le reste avait suivi.

Toutefois, il n'était toujours pas parvenu à lui exposer la raison de sa visite.

Il aurait dû aborder le sujet dans la voiture. Pas facile, l'autre ne l'avait guère laissé en placer une.

Sans parler de la strip-teaseuse que Modard avait dû se coltiner pendant tout le trajet.

Là, sur cette chaise en formica, en attendant le retour du dresseur, profitant du silence, il ajustait ses arguments.

Quand même, se prit à songer Modard, celui-là, si Urbain n'exagérait pas, aurait été idéal. Un spécimen pareil, c'était inespéré. D'un autre côté, un baiseur de chats, un tueur peut-être...

Penché en avant, il semblait chercher une solution entre ses pieds, dans les crevasses du lino, là où il en pousse parfois.

Rarement.

CHAPITRE ONZE

— Il a perdu quelque chose?

Modard sursauta. La porte de la chambre s'était ouverte sans bruit. Silence aussi sous le feutre des mules bleues à pompon.

— Je peux l'aider si il veut, je m'appelle Paulette.

— Enchanté, Modard, dit Modard, serrant doucement la délicate main tendue.

— Mais on dit Belette.

Modard fut un peu surpris de l'enthousiasme de la poignée de main.

— Ah? Eh bien, bonjour mademoiselle Pau... Belette, répondit Modard soudain très affairé à rassembler ses idées.

— Je l'ai déjà vu?

Modard aurait juré qu'ils étaient seuls dans la cuisine.

— Qu'est-ce qu'il cherche par terre?

— Tu as bien travaillé en bas, félicitations.

Le dresseur venait d'entrer, bouteilles à la main.

— Que je vous présente, dit-il en posant le sauvignon sur la table. Ma fille Belette, et monsieur...

— Modard.

— Je le sais déjà qu'il s'appelle comme ça.

— Votre fille et moi venons de faire connaissance.

Tout ce que Modard trouva pour grapiller un peu de temps. La situation semblait simple et pourtant, il éprouvait une étrange difficulté à s'y retrouver. Il ne s'était pas attendu à ce que le dresseur soit père, qu'il ait charge d'âme en dehors de celles, éventuelles, de ses rats.

Pourtant, à présent qu'il les regardait tous les deux plus attentivement, la ressemblance devenait frappante. Les cheveux roux qui encadraient le visage allongé de la fille d'Urbain retombaient en queues sur les épaules de sa robe de chambre de coton beige. Les joues aussi, parsemées de taches de rousseur, les lèvres pâles et minces, les yeux noisette. Le nez allongé et le menton pointus lui venaient tout droit de son père.

— Va t'habiller, fit le dresseur, et puis tu iras aux commissions. Le monsieur et moi, on a à parler.

— Dommage, dit-elle, j'aurais bien resté avec vous.

— Serais, corrigea le dresseur. Allez, va, je te dis.

Serais, allez, va, pas facile d'y retrouver sa conjugaison, songea Modard.

Belette retourna dans la chambre en traînant sur le lino des mules qui seraient bien restées là à écouter ce qui allait se dire.

Ou auraient?

— Et ferme la porte, lança son père. Curieuse, expliqua-t-il à Modard, si je la laissais faire elle se mêlerait de tout. Ferme, je te dis. Et pour ce qui est de lui apprendre à parler comme il faut, vous n'imaginez pas la patience que j'y mets. Remarquez, c'est aussi ma faute, j'aurais dû être là plus souvent. J'aurais resté, je vous demande un peu. J'aurai bientôt moins de mal avec les rats. Mais elle est gentille, elle m'aide bien et pour les commissions, elle est championne.

— Mais, fit Modard, sans être indiscret, quel âge a-t-elle, votre fille?

— Elle a...

Modard crut soudain voir le regard d'Urbain se perdre un bref instant dans les horizons brumeux de quêtes incertaines.

— Et elle n'a pas l'air sauvage, observa Modard sentant s'éloigner l'esprit d'Urbain, tout le contraire, même.

L'attention du dresseur fut bientôt de retour :

— Peter Pan. Vous connaissez?

Modard le regarda, pas bien sûr.

— Peter Pan? répéta le dresseur agitant ses bras étendus pour tenter d'évoquer le vol d'un gros oiseau.

Comme tout le monde, Modard se souvenait du capitaine Crochet et du crocodile, mais ça ne datait pas d'hier, et il ne faisait pas le lien avec la fille du dresseur. Belette, Peter Pan, cette cuisine se remplissait très rapidement d'inattendu.

Le dresseur ouvrit le tiroir du vaisselier, en sortit un tire-bouchon, en vissa la pointe dans le liège, lui fit lever deux bras chromés et déboucha une des bouteilles.

— Ah, des verres…

Il sortit deux verres du buffet.

— Propres, crut-il bon de préciser en tendant un verre à Modard. C'est Belette, elle n'aime pas frotter fort. Elle a peur de leur faire mal. Je vous demande un peu. Enfin, hein, ce n'est pas moi qui vais l'embêter avec ça.

— Il me donne de l'argent pour les commissions?

Belette à présent était vêtue d'une salopette bleue trop courte pour ses longues jambes. La barrette de plastique vert qui retenait ses cheveux loin de son front semblait un haricot échoué dans un bol de soupe au potiron.

Le dresseur tira de sa poche deux billets chiffonnés et en tendit un à sa fille.

— Prends ce que tu voudras, dit-il. S'il reste des sous, achète-toi quelque chose qui te fera plaisir.

Belette empocha le billet et s'en fut aux courses.

CHAPITRE DOUZE

— Elle est brave, dit Urbain en remplissant les deux verres, et comme je disais, elle fait très bien les commissions. Une vraie petite femme. À la vôtre !

— Je n'en ai plus, dit Modard, néanmoins trinquant.

— Je ne voulais pas être indiscret, s'excusa Urbain.

— Laissée tomber.

— Oh, je n'insiste pas... Elle vous a... Elles partent, ça arrive...

— Non, elle, laissée tomber, redit Modard.

— Ah, oui. On se lasse parfois...

— Pas moi, corrigea Modard. Gorzzio, c'est lui qui l'a laissée tomber, pas moi.

À son tour, Urbain peinait à suivre.

— Du trapèze. Huit mètres. Tout en haut du chapiteau. Un numéro à trois, un fameux numéro. On avait du succès, les engagements ne manquaient pas, ça non. Et un jour... Huit mètres...

— Ah mon pauvre, compatit Urbain, comprenant enfin.

— D'un coup. Plus de femme, plus de trio. Et plus de travail. La voltige, vous me direz, à deux on peut s'arranger. Mais Gorzzio a disparu tout de suite après. Faut le comprendre aussi, la mouche, pas facile à faire gober à la police.

— La mouche ?

— Dans l'œil, au moment de rattraper Gigi... Gigi, ma femme. Je lui avais pourtant bien dit, à Gorzzio, de mettre des contacts. Mais je t'en fiche, monsieur voulait travailler à l'ancienne, à l'œil nu. Une mouche, c'est rare, mais ça arrive.

— La preuve. Quand même, c'est pas de chance.

— Heureusement, l'enquête a conclu à l'accident.

— De mouche ?

— Tout juste… Alors la déprime, moi aussi, je suis passé par là. Mais on ne peut pas rester au fond du trou. Il faut rebondir, surtout dans le trapèze. C'est pour ça, quand je vous ai vu le mois dernier au marché.

— Vous voulez dire quand vous l'avez vu, lui, en bas ?

— Lui, et vous aussi. Je me doute bien que vous y êtes pour quelque chose.

— Moi, je ne dis pas, mais c'est surtout lui…

Urbain versa une nouvelle rasade.

— Alors voilà, dit Modard, avant de s'interrompre pour lever son verre. À la vôtre. Au fait, la vôtre, de femme, on ne l'attend pas pour trinquer ?

— On pourrait attendre longtemps.

— Ah, fit Modard, vous n'en avez pas non plus…

— Perdue.

— Condoléances. Ce ne doit pas être facile avec une fille à élever.

— Elle n'est pas morte, la mienne, dit Urbain, enfin, je ne crois pas. Je ne sais pas où elle est.

CHAPITRE TREIZE

— Ah… Et vous la cherchez?

— Parce que vous ne trouvez pas que j'ai assez à faire comme ça?

— Sympathique, ce sauvignon, apprécia Modard.

Idéal, le sauvignon, pour changer de sujet. Modard venait de percevoir une tension nouvelle dans la cuisine et le ton d'Urbain. Pas question de le contrarier, après tout, il n'était pas venu jusqu'ici pour enquêter sur la famille du dresseur.

Depuis la disparition du trio, les familles il s'en foutait, Modard.

— Ouais, dit Urbain dans un claquement de langue, il a bon fond. Assez tourné autour du godet. Expliquez-moi ce que vous voulez.

Modard vida son verre et le reposa sur la table.

Une grosse mouche verte s'était égarée dans la pièce. Les deux hommes prêtèrent un instant l'oreille à son vol coléreux. Puis ils suivirent des yeux la parfaite ligne droite qui la conduisit au suicide à côté des copines sur le ruban accroché à l'ampoule suspendue au-dessus de la table.

— Bien fait, fit Modard entre ses dents.

— Quand même, dit Urbain regardant la mouche épuiser ce qui restait de ses pauvres forces à tenter de décoller ailes et pattes, depuis le temps, elles auraient pu apprendre à faire gaffe.

— Apprendre, dit Modard, ce n'est pas toujours facile. Surtout si vous n'avez pas quelqu'un pour vous montrer. Vos rats, tout ce qu'ils font sur la planche, ils ne l'ont pas appris tout seuls.

— Les mouches, apprendre, faudrait voir, demander à un spécialiste, mais les rats, c'est des bêtes qui ont du caractère. Et, on ne le sait pas assez, de la fierté. Parfaitement. Je ne dis pas ça parce que ce sont les miens, mais ce n'est pas n'importe qui ces rats, en bas. Tenez, proposez-leur un numéro sans exigence, ils n'en voudront pas. Peau de balle. En revanche, quand ils ont décidé de s'y mettre, alors là, des champions.

— J'ai bien vu, dit Modard.

Urbain, qui avait aussi vidé son verre, le remplit à nouveau et resservit Modard.

— Le dernier, alors, dit Modard, je n'ai pas envie d'être gris. Il faut qu'on parle.

— Vous n'aimez pas le gris, demanda le dresseur? C'est pourtant une couleur bien intéressante. Moi, le gris, je trouve que ça cause à l'œil. Une vraie couleur de rat. Les miens, de rats, c'est pas des blancs, non monsieur. Pas de danger, les blancs, je vous ai dit, depuis le temps qu'on les utilise, pour la science soi-disant, ils sont devenus soumis, on peut leur faire toutes les saletés qu'on veut, pas de danger qu'ils se rebiffent. Un coup de dent de temps en temps, c'est le bout du monde. Des invertébrés, voilà ce qu'ils en ont fait. Et question dressage, on ne peut rien en tirer. Rien d'intelligent, rien d'artistique. Des larves. Comme les vaches, pareil.

Soudain convoquées, les vaches vinrent docilement prendre place dans la conversation, mâchant nonchalamment par-ci par là les mots qu'elles trouvaient à leur goût.

— Les vaches, on en voit de toutes les couleurs vous me direz, mais, pour moi, elles sont toutes pareilles, observa Urbain tandis qu'un troupeau de charentaises mêlé de limousines et de Holstein traversait sa mémoire comme une départementale de campagne un bocage normand. Noires, blanches ou rousses, le plus souvent les vaches, leur route s'arrête dans une assiette à l'ombre d'un cornet de frites.

— Vie de vache, vache de vie, dictonna Modard.

Sa langue imbibée de blanc parlait à présent pour lui. Par bonheur, le dresseur semblait apprécier l'échange qui avançait à présent sur son erre vers un horizon fuyant et embrumé, tel un rafiot éméché.

Urbain regarda la bouteille vide comme pour la prendre à témoin.

Ce Modard, qu'est-ce qu'il venait chercher à la fin?

— Gris, s'exclama soudain Modard, vous avez raison, ceux-là ils peuvent apprendre plein de choses.

À présent que Modard s'était mis en route, il convenait d'écouter ce qu'il avait à dire.

— Des gris, des gris, répéta Modard en appuyant sur *des*. Plein de gris. Une palette entière de gris. Il n'y a que chez les rats qu'on peut voir autant de gris. À la vôtre.

Le dresseur faillit objecter que les éléphants et les escargots aussi, et qu'on aurait pu en trouver nombre d'autres, mais il jugea opportun de ne pas interrompre.

— La nuit tous les chats sont gris, je veux bien, mais c'est du gris de chat, du gris banal. Les chats gris dans la nuit, tous pareils. Une fois qu'on a dit ça, hein… Tandis que le gris des rats, le gris rat, c'est autre chose. Là, on va en trouver de la nuance si on veut bien se donner la peine d'y regarder…

— Ah, vous voyez, qu'est-ce que je vous disais? Et pourtant, abonda Urbain, les rats n'intéressent le monde que quand il s'agit de trouver des moyens de s'en débarrasser.

Il s'interrompit pour avaler une lampée.

— Tout à fait ce que je pense, renchérit Modard baignant son regard au fond de son verre presque vide, les chats, pas un pour sortir du lot.

Le moment était venu. Modard releva la tête, ajusta son regard et le dirigea droit sur les yeux du dresseur.

— Je suis acrobate, moi, déclara-t-il.

Urbain reposa son verre.

— Acrobate, répéta Modard, vous entendez?

— Vous l'avez déjà dit. Entre nous, à vous voir assis comme ça, en équilibre sur une fesse, je m'en serais douté. Seconde nature. Ce n'est pas tous les jours qu'on tombe sur un acrobate.

— J'avais un bon numéro, expliqua Modard. Avec ma femme, dans les cirques. Des grands, rouge et jaune. Avant qu'elle...

Encore? songea Urbain. C'est le blanc, il n'a pas l'habitude. Mais si ça peut le soulager de raconter...

— Les cirques, d'abord, c'est mieux que les marchés. Sans vous froisser, on touche des cachets, pas besoin de faire la manche. Clowns, jongleurs, acrobates, de beaux métiers, ça... Sans parler de la musique, et des familles sur les gradins. Et pas de risque de se faire emmerder par un marchand de chats. Ça ne vous dirait pas, à vous, les cirques?

— Ah, ce n'est pas l'envie qui manque, dit Urbain, mais les rats, les cirques n'en veulent pas. Pas assez gros, on ne les verrait pas des gradins.

Les yeux de Modard commençaient à briller.

— C'est vrai. Les cirques, il leur faut des tigres et des éléphants, du qui se voit sans effort et qui fait peur, pas du trop petit, le trop petit souvent ça dégoûte. On a l'impression qu'il va vous courir dessus. Je ne dis pas ça pour vous vexer. Sur les gradins, dans les familles, il s'en trouvera toujours un ou deux pour ne pas les aimer, ou que ça effraie, et qui pousseraient des hurlements dès qu'ils se mettraient à courir sur la piste.

Urbain n'était pas vexé, mais qu'est-ce qu'il lui voulait au juste, l'acrobate ?

CHAPITRE QUATORZE

Les bouteilles vides attestaient la convivialité du sauvignon.

Toujours en équilibre sur un pied de sa chaise en formica, Modard se félicitait à présent de s'être décidé à aborder le dresseur au marché, et de l'avoir accompagné jusque chez lui.

— Acrobate, alors ? répéta Urbain.

— Un peu comme vos rats. Mais sur un trapèze. À la vôtre.

— Santé.

— Dans l'acrobatie pour un numéro, il faut être au moins deux. Un qui porte et un autre qui se lance.

— Deux, c'est le minimum.

— Exactement, dit Modard, nous, on était trois et je me retrouve tout seul, même plus de deuxième.

— Mon pauvre…

Le sans filet, Modard avait été contre, mais Méringot, le directeur du cirque, n'en démordait pas, et bien sûr Gorzzio s'était rangé derrière lui. Toujours du côté du manche, Gorzzio. Ils avaient réussi à convaincre sa femme, Méringot avec la promesse d'un beau cachet, et Gorzzio à l'ancienne, avec quelques œillades veloutées. « Le frisson, pas mieux pour la recette. Vous trois, depuis le temps, vous êtes parfaitement au point. Votre voltige, vous pourriez la faire les yeux fermés. »

Les yeux fermés… Un seul ouvert. Et une mouche. Une seconde, même pas, un clin d'œil pour chasser la bestiole…

Une seconde pour se frotter l'œil, et huit mètres plus bas, sous la sciure le béton.

Pour ça, il avait été au rendez-vous le frisson, le grand. Sur les gradins et jusque dans les pupitres de l'orchestre soudain muet.

Con de directeur, con de Gorzzio et con de Modard. Con, veuf et chômeur. Con, con, et con.

Triple con.

Le sans-filet, les assurances n'aiment pas. Une réception manquée, ça ne pardonne pas. Après l'accident, le cirque avait coulé, envolé Gorzzio, grillé Modard. Même s'il n'y était pour rien, plus personne ne voudrait de lui pour partenaire. Ce genre d'histoire faisait rapidement le tour du monde roulottier, et le mauvais œil ne vous lâchait plus.

— Plus de partenaire, plus de boulot, conclut Modard.

— Évidemment...

— Il me faudrait un partenaire.

— De trapèze? Mais je ne suis pas acrobate, moi.

— Non, bien sûr.

Depuis l'accident, dans son malheur, Modard avait eu le temps de réfléchir. Ce vieux roublard de Méringot avait dit vrai, ce qui payait dans le spectacle, c'était le sensationnel, l'inattendu.

— Le public, la nouveauté...

— La nouveauté, ne m'en parlez pas, je passe ma vie à lui courir après.

— N'est-ce pas? Elle ne reste pas longtemps nouvelle, la nouveauté. Figurez-vous qu'il m'en est venu une l'autre fois quand je vous ai vu.

— J'ai fait de la nouveauté, moi?

— Pas vraiment, mais en vous voyant, je l'ai vue. Et on pourrait la faire ensemble.

— Vous et moi?

— Et eux.

— Eux...

— Eux, oui.

CHAPITRE QUINZE

Urbain reposa son verre.

— Vous les avez bien regardés, mes rats? Ils sont funambules, pas acrobates, vous saisissez la différence? La planche, oui, le fil de fer aussi, c'est dans leurs cordes, mais le trapèze, les anneaux, faut s'y connaître.

— On leur apprendra, ils sont malins.

— C'est qu'il y a du danger. Se lancer dans les airs, ça peut faire de la casse.

— Suffit de savoir s'y prendre.

— Ben, et votre femme, elle savait, non?

Modard se tut. Aplatie dans la sciure, fracassée.

Urbain réfléchissait. La proposition de Modard, évidemment... Fallait voir...

— En fait, reprit Modard, un seul suffirait. Un voltigeur, avec moi comme porteur, vous voyez? Les autres n'auraient qu'à continuer à faire leur numéro habituel entre les figures.

— Un voltigeur, répéta le dresseur.

Il siffla une gorgée de blanc songeuse et reprit :

— Ah quand même, c'est malheureux.

— Quoi?

— Le meilleur pour ça, ce serait lui.

— Le fou?

— Il serait idéal. Mais lui apprendre quelque chose... Dans l'état où il se trouve...

— On peut toujours essayer, non? Il ne va pas rester comme ça toute sa vie. Et qui sait? La voltige peut lui redonner le goût des choses. De là-haut, on voit le monde différemment.

— Mais lui, de là-haut, on le verra?

Modard avait à nouveau vidé son verre.

— On fera la voltige plus bas pour que les gens voient bien. Et tenez, j'ai pensé qu'on pourrait lui faire porter un collier fluorescent. Qu'en dites-vous? Comme ça, on le verrait de loin.

— Un collier?

— Mieux même, une cape. Une cape fluo. Et vous savez quoi?

Modard s'offrit une seconde de suspense.

— Le noir. Total. On éteint tout dans le chapiteau. Et là, quand il se lance, la cape qui tournoie dans le vide. Hein? Hein? Alors...?

— Évidemment...

Urbain cherchait ses mots.

— On pourrait essayer, consentit-il.

— Bien sûr. Qu'est-ce que ça coûte? Et puis sinon...

— On saura jamais.

— Pardi. Et si ça ne marche pas...

— On aura essayé. Mais, objecta-t-il, faudrait pas me le casser, celui-là. Des fois qu'il reviendrait comme avant. C'est de la recette, lui.

— Ne vous inquiétez pas, on mettra un filet. S'il est aussi fort que vous le dites, pas de danger, l'assura Modard.

— Pour ce qui est d'être fort... Et souple, très souple.

— Idéal, ça, pour le whip et le nid d'oiseau.

Urbain remplit à nouveau les deux verres.

— Le nid?

— D'oiseau, une figure difficile, mais élégante, et qui devrait lui plaire.

— Un rat qui fait l'oiseau, là, on peut dire que ça en sera, de la nouveauté.

— Une première.

— Remarquez...

— Quoi ?

— Il y déjà les chauves-souris.

— Alors là, je vous arrête. Ça n'a rien à voir, rien du tout. Ces bêtes-là, ça ne pense qu'à bouffer du moucheron ; pour le reste, bonnes à rien.

— C'est vrai que les souris, hein... Chauves en plus, ça ne fera jamais du beau spectacle. Allez, à la nôtre !

— À la nôtre, trinqua Modard.

CHAPITRE SEIZE

Sur la pelouse de la courette, l'après-midi s'était installé depuis un moment, comme pour un pique-nique tardif. Dans la cuisine, Modard avançait ses pions sans grand effort.

— Comment ça vous est venu, de dresser des rats ?

— La force des choses, dit Urbain. Les rats, ce n'était pas mon idée.

— Vous en aviez d'autres ?

Le dresseur se tourna vers la fenêtre pour offrir à son regard une courte promenade au-delà du coton crocheté des rideaux.

— Moi, dit Urbain, je voulais voyager.

— Ah, quand on est jeune, les grands espaces, l'appel du large.

— Voyager, oui, mais attention, pas n'importe comment, hein, comme ça.

Au bout du bras du dresseur, le verre dessina dans l'espace une succession d'obliques.

— Comme ça, répéta-t-il.

Modard imita le geste d'Urbain.

— Comme ça comme ça ?

Urbain se retourna vers Modard.

— Oui, comme ça. En zigzag. Ça prend du temps, mais on voit beaucoup plus de choses qu'en suivant les routes droites, ou celles qui tournent. Les tournants, on aura beau faire, ce ne sera jamais que des courbes, des droites molles. À peine abordés, on voit ce qu'il y a derrière. Ce qui est beau dans le zigzag, c'est ce qu'on va chercher dans les petits coins, tout au fond des angles aigus.

— Et vous n'avez pas pu ?

— Il ne s'en est pas fallu de beaucoup. Je m'en étais ouvert à ma tante, et mon idée lui plaisait. Je vivais ici, avec elle et les chèvres. Elle faisait des fromages. On ne manquait de rien. Mais la malchance s'y est mise, la malchance, vous connaissez...

Question malchance, Modard avait été servi. La sienne avait emprunté des ailes de mouche.

Un roulement de tambour et le silence sur la piste. Monsieur Loyal, les yeux au ciel : « Et maintenant, mesdames et messieurs, au-dessus de vous, sous la voûte de notre magnifique chapiteau, à huit mètres du sol et sans filet, je dis bien sans filet à huit mètres, un numéro unique qui va vous couper le souffle. Je vous demande le plus grand silence pendant le triple salto brésilien enroulé-déroulé de notre trio-vedette. »

Elle, debout au sommet de la grande échelle, dans son maillot rouge pailleté d'or, Modard tête en bas sur son trapèze qui se balance de plus en plus vite, premier passage, Modard s'éloigne, Gorzzio prend le relais, accélère et revient. Second passage de Modard, nouveau relais de Gorzzio qui tend les bras, elle s'élance... La mouche.

Huit mètres.

Le béton.

La sciure.

Fracassée.

Modard entendit à nouveau la voix d'Urbain.

— Je voudrais voyager, je lui disais à ma tante, voir le monde. « T'as bien raison, à ton âge, qu'elle me répondait. — Après, je rentrerai pour te raconter. — Ah, tu es gentil, toi. Moi je suis trop vieille, mais si j'avais pu. » Vous avez remarqué ? Il vient toujours un moment dans la vie où on est trop vieux.

— Oui, fit Modard, ça arrive des fois, juste quand on vient de finir d'être trop jeune.

Pas si vieille, à l'époque, la tante d'Urbain, non, mais usée. Les chèvres, c'est connu, ça demande beaucoup, c'est un animal sympathique, serviable, mais très exigeant et qui souvent n'en fait qu'à sa tête. Les chèvres, faut les sortir, faut qu'elles broutent, faut changer la paille avant de les rentrer, faut les traire, faut même leur parler pour les endormir. Et après tout ça, il y a les fromages, et ça non plus, ce n'est pas du repos. Les chèvres, ça use.

Le chèvre aussi.

— Ma tante gardait ses chèvres dans…

Urbain s'interrompit, le mot suivant ne voulait pas passer.

— Le hangar, finit-il par lâcher. À côté. Vous l'avez vu en arrivant ? demanda-t-il en baissant la voix.

En arrivant, Modard n'avait vu qu'un vieux vélo appuyé contre un des murs de la courette. Pas très loin derrière la petite maison s'élevaient les hauts murs de parpaings grisâtres d'un hangar coiffé d'un toit de tôle percé d'un long tube d'aluminium.

Non, Modard n'avait pas remarqué le hangar.

Un hangar, pourtant, ça se remarque.

— Elle vendait des fromages au marché, pas loin d'ici, un beau marché comme on en voyait à l'époque, avec des marchands de presque tout. Et aussi des attractions pour attirer les badauds, des cracheurs de crayons, des avaleurs de sauterelles, des rempelucheurs d'ours, avec leurs femmes qui leur recousaient les yeux, aux ours. Maintenant c'est fini... Et aussi des petits berlingots qu'elle confisait elle-même avec du sucre brun sur cette cuisinière. Elle attachait une ou deux chèvres derrière son vélo, et en route pour le marché.

Le dresseur s'interrompit à nouveau pour suçoter le bonbon ancien de ce souvenir.

— Ici, c'était la campagne... « Urbain, elle me disait en tournant la louche, à présent, tu es un beau jeune gars. Les fromages, le marché, c'est bon pour moi, une vieille, mais toi, fais à ton idée, va regarder le monde. Je n'ai pas beaucoup d'économies, mais prends-les. Je te les donne. » Ses économies, elle les gardait dans une petite boîte derrière le baromètre, en haut du vaisselier, vous voyez. « C'est la dame mauvais temps qui veille sur les sous, elle me disait, elle ne bouge guère de là ; avec elle, pas de danger qu'ils s'en aillent. »

Modard, qui avait levé les yeux vers la dame mauvais temps et pas mal siroté, lui trouva l'air penché, comme si elle voulait entendre ce qui se racontait plus bas. Le vieux était rentré : sûrement l'heure de sa sieste.

— « Prends les sous. Il y en a assez pour t'acheter des tickets. »

— La loterie ? interrogea Modard.

— Le métro. Il ne venait pas jusqu'ici, mais avec ma tante, quand je l'accompagnais au marché, on écoutait des gens qui le prenaient. Pour aller travailler, ils le prenaient ; mais moi, j'avais d'autres idées. Ceux-là, la chalanderie, ils passaient le samedi et ils avaient toujours des histoires, celles de la semaine. Les escaliers, les stations en bas, le quai avec les affiches et la faïence blanche et bleue sur les murs, les rails, et toujours quelqu'un pour dire « Le v'là qu'arrive, ben c'est pas trop tôt», et faire plaisir à tout le monde sur le quai. Ça roule, ça s'arrête, les portes s'ouvrent, se referment, les voyageurs qui montent, ceux qui descendent, ça repart, on passe par des tunnels, Dubo... Encore des tunnels, Dubon... Encore des stations, et on ressort quelque part, et en haut des escaliers, on se retrouve dehors, dans une rue.

Mais bon, ça ne s'est pas fait.

CHAPITRE DIX-SEPT

Projetée par la fluorescence de trois tubes au néon contre une des parois de parpaings à l'intérieur du hangar, l'ombre démesurée d'une limace géante semblait figée dans une verticale obscène.

Debout sur la dernière marche de l'échelle, tout en prêtant une oreille attentive au gargouillis, il acheva d'enfiler une paire d'épais gants de travail. Il dénoua la ficelle qui serrait l'extrémité du sac de jute et en versa le contenu dans la cuve où bouillonnait une espèce de jus marronnasse qui engloutit cette nouvelle ration. Des bulles serrées enflaient et remontaient éclater à la surface du magma en pets étouffés, comme si la cuve tentait de se soulager en douce de la pression imposée par le chauffage. Pas facile à obtenir cette température, mais après le réglage minutieux de la flamme des brûleurs, le résultat était enfin là. À l'intérieur, ça se dissolvait sans qu'il ait besoin d'intervenir.

La vapeur montait dans un tube d'acier équipé d'un filtre à gaz et s'échappait sans odeur par un orifice emmanché d'une longue cheminée percé dans le toit du hangar. La malaxe molle, presque liquide laissée dans la cuve, s'écoulait d'un gros robinet relié à une douzaine de tuyaux, chacun passé dans l'ouverture d'un jerrycan de dix litres.

En avait-il balancé dans cette cuve, depuis le temps.

Fruit d'une alchimie plus subtile qu'il n'y aurait pu paraître, le jus des carcasses se muait à l'intérieur de la cuve en une substance mystérieuse. Personne, à commencer par lui, n'aurait été foutu de dire ce que c'était. Curieux, il avait envoyé des échantillons à plusieurs laboratoires. Les analyses chimiques n'avaient rien pu identifier. C'était de l'inconnu, au départ du relief d'équarrissage, à l'arrivée ce jus mystérieux. Plus tard, égarés ou volés, les jerrycans avaient commencé à disparaître, avant de se retrouver ici et là entre les mains d'amateurs qui avaient retrouvé sa trace et s'étaient mis à lui réclamer sa malaxe. Certains par courrier lui révélaient s'en servir de colle, de pommade, d'engrais ou… d'autres choses. Avec plus ou moins de succès. La majorité restait muette.

Lui se foutait totalement de ce que les clients en faisaient. S'ils avaient de l'imagination, tant mieux. Et comme on ne pouvait en vérifier l'efficacité qu'en l'essayant, la demande ne faiblissait pas. Juste ne pas se faire remarquer. D'ailleurs, ce truc-là n'existait pas.

Lui non plus.

Pas plus que le hangar.

Toujours plus ou moins invisible, très jeune il en avait su tirer profit de l'indifférence du monde pour cultiver ce goût des coups tordus. Nul ne pensait à lui quand on cherchait un responsable.

Et puis un jour, le hasard, la chance… Dans le coin, une vieille était morte dans la présure. Elle gardait des chèvres, personne n'en voulait, le quartier avait hâte de s'en débarrasser. Toujours à l'affût, il avait profité du moment opportun pour se montrer. Il allait s'en occuper, lui, des chèvres.

Si ça pouvait rendre service.

« La maison ? Elle n'appartient plus à personne maintenant, et dans l'état où elle est… Le hangar ? D'accord. Mais surtout tu nous débarrasses des chèvres, hein, fini les chèvres. »

Une fois la porte, la cuve et la cheminée installées à l'insu du voisinage, il avait apporté dans le hangar un lit de camp et un réchaud.

Nul à part lui n'y entrait. En son absence, la porte blindée restait fermée à l'aide d'une lourde chaîne bloquée par deux épais cadenas.

Il avait toujours travaillé seul. Au début il avait tâtonné, échoué, recommencé, il avait beau faire bouffer à la cuve le contenu des poubelles qu'il rapportait dans ses sacs, la raclure des caniveaux, ça ne donnait rien. Jusqu'au jour où il avait eu vent d'un abattoir clandestin et s'était acoquiné avec une paire d'équarrisseurs pas trop regardants qu'il débarrassait de leurs invendables, des os cassés, effrités, plus bons à rien, même pas à ronger.

Et dans le hangar, il s'était à nouveau penché sur la cuve, modifiant la température de cuisson, la hauteur des flammes, les détails…

Et un jour, enfin la malaxe.

Il regarda autour de lui avec satisfaction, posant un instant un regard affectueux sur la limace démesurée collée à la paroi d'en face.

Au fond du hangar, ça clapotait fort. La porte soigneusement refermée, il sortit de sa poche une paire de lunettes yeux-de-guêpe, les chaussa soigneusement avant d'aller pêcher une pleine louche de malaxe qu'il redescendit poser sur la table de métal.

Si on laissait refroidir, ça durcissait.

CHAPITRE DIX-HUIT

— Ma tante, la pauvre, un soir comme d'habitude à mouler ses fromages dans la courette, elle avait presque fini ceux du lendemain parce qu'elle voulait toujours qu'ils soient frais, ses fromages, et toc ! La tête dans la présure. Comme ça, d'un coup. Une attaque. Noyée dans la bassine.

Le dresseur s'interrompit, pensif, puis se retourna vers Modard.

— Et moi juste là, à côté, à briser des lignes sur des feuilles, des lignes de métro. Sans modèle, de mémoire, avec mes crayons de couleur bien taillés. Félie, la voisine, m'avait offert un taille-crayons et un plan du métro à Noël. Un grand, qui se dépliait. Avec ma tante, on l'ouvrait sur la table et on jouait : « Pousse une porte, je lui disais, celle que tu veux. — Les lilas, elle demandait, qu'est-ce qu'il y a derrière ? — C'te blague, je répondais, un chouette jardin... » Et je faisais mine de lui donner un bouquet. « Et les filles du calvaire, elles sont belles ? Combien qu'il y en a donc ? Et si tu les rencontrais, qu'est-ce que tu leur dirais ? Je suis bien sûre qu'il y en aurait une à ton goût, hein mon Urbain ? C'est que t'as l'âge d'être amoureux, à présent. » En a-t-on fait, des parties... Ce soir-là, ma tante moulait dans la courette. Je m'apprêtais à recopier dans un cahier les noms de stations où je comptais sortir quand je voyagerais. Je coloriais dans mon lit. J'avais laissé la porte ouverte pour y voir clair.

Urbain pointa vers le bahut dans l'angle.

— Il vient de Bretagne, comme ma tante et la voisine. Avec Félie, elles sont payses. Elle me l'avait donné, son lit de jeunesse. C'est idéal, un lit comme ça, et pas que pour dormir. La porte tirée, on est chez soi, personne ne vient vous déranger. Quand j'ai besoin de penser, je tire le panneau de l'intérieur. Ça fait le noir. Je peux penser. Et le noir là-dedans, il est foncé. Tenez, si Belette a à faire, la liste des commissions mettons, et que je suis en train de penser, elle peut laisser la lumière allumée, ça ne me dérange pas.

Modard laissa son regard s'attarder dans le coin du lit idéal.

— Mais attention, il faut qu'il soit à la bonne taille, comme un pantalon ou un chapeau, voyez. Trop grand, on nage dedans, et trop serré, on ne peut pas se tourner. Dans les rêves, des fois, il vient beaucoup de monde, ça demande de la place... Pas trop grand tout de même, sans ça...

— Sans ça ?

— On peut se perdre. On n'est pas sûr de revenir.

Modard détourna son regard du lit.

— Ma tante l'avait fait ajuster à ma taille, poursuivit Urbain. Vous avez déjà dormi dans un lit clos ?

Non, s'abstint de répondre Modard, ménageant une brève pause pour donner à la conversation le temps de s'éloigner du lit.

— Alors, votre tante...

— Je n'ai rien entendu. Je devais être en train de colorier Oberkampf, ou peut-être bien... Attendez voir... Non, Botzaris, ça me revient, je coloriais Botzaris. Je me demandais ce que je pourrais bien trouver, si je sortais à Botzaris. Vous y êtes allé, vous, à Botzaris, sur la verte ?

— Peut-être, fit Modard, dans le cirque, c'est un jour ici, un jour là...

— Voilà qu'une chèvre passe la tête par le panneau. Elle attrape mon crayon et se met à le mâcher. Comme ça, sans prévenir. Ou plutôt, si, pour me prévenir, justement. Avec une deuxième sur les sabots qui bêlait tout ce qu'elle savait. Mais moi, hein…

— Moi non plus, à votre place, en convint aisément Modard.

— Tout juste. La première a lâché le crayon et s'est mise à me tirer par la manche. D'abord j'ai cru qu'elle voulait jouer ; même que ça m'a étonné, la chèvre n'est pas joueuse. Et puis au bout d'un moment, je l'ai suivie.

— Trop tard, crut comprendre Modard.

— Ah, je m'en suis voulu. Si j'avais parlé chèvre, je serais peut-être arrivé à temps. Je l'ai attrapée par les oreilles.

— La chèvre?

— Ma pauvre tante. Pour lui sortir la tête de la bassine. Je me suis collé de la présure partout. Et ses chèvres autour, qui se pressaient pour voir ce qui arrivait. Je l'ai assise, j'ai couru chercher Félie, à côté, et on l'a portée sur son lit. Les chèvres ne nous lâchaient pas. C'est sensible une chèvre, on n'imagine pas. Et curieux aussi. Elle était gentille, ma tante. Félie et moi, ce qu'on a pu être tristes. Félie et ma tante, c'était comme deux sœurs…

— J'imagine…

— Et les chèvres aussi.

— Comme des sœurs?

— Non, tristes.

Urbain se leva pour aller allumer la lumière. Sous l'ampoule, le ruban tue-mouches prit soudain des allures de guirlande.

— On cause, et le temps passe. Le pire, c'est que quand elle a été morte, il a fallu que je parte, dit-il en revenant s'asseoir.

— Vous ne pouviez pas rester ici, dans sa maison ?

— J'aurais bien voulu. On ne m'a pas laissé. Quand les voisins ont appris pour ma tante, ils ont dit que c'était insalubre ici, que les chèvres attiraient les mouches, que tout le quartier éternuait à cause des poils et de l'odeur, que quand on éternue ça fait voler des microbes partout. Et les microbes, c'est des maladies. Il s'en est aussi trouvé pour dire que les cornes des chèvres portent malheur. S'en serait pas fallu de beaucoup qu'ils la traitent de sorcière, ma tante. Du temps qu'elle était là, ça pouvait encore aller parce qu'elle était vieille, mais à présent du balai ! Son grand feignant de neveu, à son âge, il n'avait qu'à aller zigzaguer ailleurs. Pour en dire, ils en ont dit, les gens. Enfin les gens, c'était surtout...

D'un coup sec, Urbain trancha la queue de sa phrase. Il se leva, fit trois pas vers la fenêtre et souleva de nouveau le rideau de dentelle.

Puis il revint s'asseoir face à Modard.

CHAPITRE DIX-NEUF

— Mais vous êtes ici, fit Modard, vous êtes revenu.

— Toute une histoire...

— Racontez.

Modard avait le sentiment que les minces tranches de vie qu'Urbain et lui se servaient mutuellement depuis leur rencontre les rapprochaient.

— À peine en allée ma pauvre tante, ils m'ont foutu dehors. Ah, pour ça, il avait bien manœuvré, bien pris son temps. En avait-il colporté dans le voisinage des histoires sur les chèvres, sur ma tante et sur moi. Personne ne songeait à lui demander d'où il les tenait, ses menteries, et sûrement qu'il savait les dire. En plus, comme ça les arrangeait, il n'ont pas été longs à se laisser convaincre. Dehors, ouste ! Je n'ai même pas eu le temps d'emporter mes crayons ou mon plan. Mais, bon, celui-là, je l'avais dans la tête.

— Manœuvré ? Qui ?

— Vous ne voulez pas le savoir.

— Qui ?

— N'insistez pas.

— Et les chèvres ?

— Envolées. Jamais revues, dit sombrement Urbain.

Il reprit, comme pour changer de sujet :

— Le jour du départ, heureusement il pleuvait.

— Heureusement ?

— Oui, heureusement, parce que comme je ne savais pas où aller, j'ai marché.

— Sous la pluie.

— Droit devant moi. Je n'avais pas le cœur à zigzaguer, bien trop lourd. Ma tante, ses chèvres, Félie en pleurs, les voisins qui m'avaient foutu dehors, et l'autre avec ses manigances. Il tombait des seaux, j'ai cherché où me mettre au sec. Vous me direz qu'avec ce qui tombait, j'aurais pu le prendre à ce moment-là, le métro, mais ça n'aurait pas été celui que je voulais prendre pour partir en voyage.

L'autre, le métro de l'ordinaire, Modard le connaissait. Les conducteurs de rame, tout seuls, coincés dans leur cabine, les wagons pleins des visages lessivés au néon, et l'odeur des entassés d'avant et d'après le boulot, les portières-massicots, les clochards sur les quais, les vigiles à chiens…

— Les voyages, je verrais plus tard, poursuivit Urbain. Le métro, ça coûte, et les économies de ma tante n'étaient pas bien grasses. Valait mieux les garder pour manger. Avant de partir, j'avais emporté la petite boîte sur le vaisselier. Comme il pleuvait, la dame mauvais temps était dehors, mais elle m'avait laissé faire. Ma tante l'avait sûrement prévenue… Je ne pourrais pas emporter mon lit, dommage. Un lit comme celui-là, ça ne s'emportait pas. Mais pas question de laisser ses économies.

Modard approuva.

— Donc, j'avançais en regardant par terre pour éviter de me mouiller les yeux. J'ai marché des heures, très loin, jusqu'aux trottoirs, c'est vous dire, parce qu'à l'époque, ils n'étaient pas à côté, les trottoirs. Enfin, m'y voilà, et là-dessus, à part les merdes de chien, pas grand-chose à voir.

— Il y a des choses qui ne changent pas, observa Modard.

— Des heures à marcher, les mains dans les poches, une sur rien et l'autre sur les économies. Le soir venu, sous un immeuble, j'avise un soupirail ouvert. J'étais trempé jusqu'à la moelle, alors ni une ni deux, je me suis faufilé.

— Dans la cave ?

— Tout juste. J'ai tâtonné jusqu'à l'interrupteur. Il y avait un tas de charbon en plein milieu et des cartons pliés contre un mur. Et aussi un robinet, pratique, ça, le robinet. Et puis, bien sûr, une odeur de cave.

— Forcément, convint Modard que la strip-teaseuse n'avait pas tout à fait quitté.

— Du bruit, aussi, discret, de la gratouille qui s'est arrêtée quand j'ai allumé. Bonne trouvaille, cette cave. Avec les cartons, je pouvais faire une couchette et derrière le charbon une cachette. Dans une cave, au sec, on peut vraiment s'arranger. J'ai vite pris mes habitudes. Le matin, un coup de flotte au robinet et je sortais par le soupirail. Je partais chercher du boulot, des fois il y en avait, sinon je m'installais dans un square et le soir, j'achetais une boîte de conserve, parfois un savon, et je rentrais sans me faire voir.

Un homme de ressource, Urbain, que l'adversité n'abattait nullement.

— Et puis un soir, j'ai entendu du bruit.

— Encore de la gratouille, des rats, je parie. Jamais loin, les rats, quand l'homme est là.

— Des racontars, ça... Celui-là de bruit, je ne sais pas qui l'a fait courir.

— Moi, dit Modard, non plus.

— Les rats, peut-être bien... Les bruits ça court vite, comme eux justement, mais pas tout seuls. À mon idée, la plupart des histoires qu'on raconte sur les rats, c'est eux qui les ont inventées.

Pas toutes, songea Modard, les reliefs d'ortolan, le fromage de Hollande, Nosferatu sur le bateau, *La Peste*, *Les Rats de Montsouris*, pas écrit par des rats tout ça...

— Ils étaient tout près. De l'autre côté du mur. En plus de la gratouille, tout le temps du clapotis. Les égouts, derrière la cave. Les rats étaient chez eux là-dedans. Ne me demandez pas ce qu'ils y faisaient. Les rats, ça bouge tout le temps. Toujours quelque chose à faire, le ravitaillement, les nids, ça pousse, ça tire, ça gigote, ça ronge, ça mordille. En plus, bavards. Ils vivent en bandes, alors ça s'appelle, ça rigole, ça s'engueule, ça se bagarre, comme dans toutes les bandes, quoi ; sans compter les petits, des légions.

— C'est bien connu, dit Modard.

— Les marmailles, oui, le bavardage, pas tellement. Faut les fréquenter pour ça. Comme les égoutiers, eux, ils doivent en voir, mais si vous les interrogez, vous sentez qu'ils n'aiment pas en parler... À force de les entendre, les rats, j'ai commencé à saisir des bribes, et petit à petit j'ai mieux compris ce qu'ils se racontaient. J'ai fini par baragouiner un peu. Vous dire que c'est venu du jour au lendemain, certainement pas. Et entre nous, pour ce que j'en comprends, elles ne sont pas bien passionnantes leurs histoires. En tout cas, ce soir-là, ce n'était pas du bruit de rats.

— Quoi ? De l'humain... ?

Urbain l'interrompit d'un geste.

Modard aussi avait perçu les crissements, des pas sur le gravier de la cour. Derrière la fenêtre, une silhouette passa, chargée d'un long sac de toile blanche maculé de taches brunes, comme ceux qu'on voit à l'épaule des équarrisseurs.

La silhouette disparut dans le hangar.

Fugace, la grimace du dresseur ne parvint néanmoins pas à échapper à Modard.

CHAPITRE VINGT

— Où que j'en étais ? demanda Urbain en se rasseyant.

— Un jour, un bruit, dit Modard.

— Vous êtes sûr ? Ça ne me dit rien…

— Ah non, excusez-moi, un soir, un bruit, rectifia Modard.

— Un bruit ?

— Oui, confirma Modard, humain, un soir.

— De clé dans la porte, précisa Urbain. La mère de Belette.

— La perdue ?

— Perdue ? Pas encore. Trouvée. Les concierges de l'immeuble, ses parents, l'envoyaient chercher du charbon pour chauffer la loge. Ce soir-là, elle était descendue plus tard que d'habitude. J'étais couché.

— Derrière le tas de boulets…

— Tout juste.

— Elle est tombée sur votre lit.

— Que j'avais fait avec des cartons et des sacs. Des sacs de boulets en jute, de l'inusable, cinquante kilos, que les charbonniers livraient à l'entrée de l'hiver. Ça ne faisait pas un mauvais lit, même si je n'oubliais pas celui-ci.

Urbain laissa un instant son regard glisser affectueusement le long de la coulisse du lit clos.

— Mais bon, de comparer, ça ne mène jamais bien loin. Un soir, donc, je dormais, elle arrive, elle allume et là, elle tombe sur un filet à provisions, mes souliers, et à côté sur mes pieds qui dépassaient de derrière le tas de boulets.

De surprise, elle a lâché son seau. Un seau en fer, vous pensez si ça m'a réveillé en sursaut.

— Elle n'a pas eu peur ?

— Peur, elle ? Je la vois encore lever la pelle à charbon, en fer, comme le seau, avec un manche de bois gros comme le bras. Juste le temps de me coller un doigt devant la bouche pour lui faire signe de ne pas crier. J'étais aussi surpris qu'elle. On s'est regardés et j'ai ramassé son seau. Par politesse, pour éviter qu'elle se salisse, et aussi pour laisser passer la surprise. Moi non plus, je ne m'étais pas attendu à de la visite. Pourtant, j'aurais bien dû prévoir, me douter qu'on pouvait bien y descendre à n'importe quelle heure, dans cette cave. J'ai commencé à piocher dans le tas de boulets pour l'aider à remplir, histoire de faire quelque chose et de prendre le temps de trouver une explication. Le mieux, c'était encore la vérité. Je lui ai raconté la pluie, le soupirail, ma tante, les chèvres, les zigzags, le métro. Elle non plus ne l'avait jamais pris, vous pensez si ça l'a intéressée.

— Une coïncidence, dit Modard.

— « Bon, ben faut que je remonte à la loge maintenant. Mes parents attendent le charbon, on a un vieux poêle, il consomme. » Je lui avais demandé de se taire, parce qu'ils m'auraient foutu dehors. Les concierges, si vous n'êtes pas de l'immeuble, ils vous foutent dehors.

— Le métier, reconnut Modard.

— Le métier, oui. Et un jour, là-haut, reprit Urbain après un silence : « Gros feignant, si tu étais descendu toi-même le chercher le charbon à la cave au lieu d'envoyer la petite. Mais non, tu préfères rester là dans ton fauteuil à lire le journal. Entre nous, on se demande bien pourquoi. Et à empester la loge avec ta pipe. — Et pourquoi que je serais descendu, hein ? Comme si tu savais pas qu'y faut pas que je porte. Fini, pour moi, de porter. Des rhumatismes, j'en ai plein le dos, et pis aussi dans les genoux, mais ça, t'as beau le savoir, tu t'en fous bien. Elle est assez grande, tout de même, à son âge. Porter un seau, ça peut pas lui faire de mal. — Elle est bonne ! Ça, pour porter, elle s'en est pas vantée... Des mois, que ça a pris pour s'en apercevoir... Et à cette heure, pour ce qui est de pas lui faire de mal, comme tu dis, c'est réussi. La v'là bien avancée. Et nous aussi. Qu'est-ce qu'on va en faire ? T'as une idée, toi ? — Non. Et toi, t'en as ? — Heureusement que je t'attends pas pour en avoir. Mon idée, c'est bien simple, on va la foutre dehors. La voilà mon idée. Ah, elle a voulu faire ses saletés en bas, eh ben qu'elle se débrouille. Qu'elle s'en aille où elle voudra avec celui qui lui a fait ça. Du vent ! La voilà mon idée. T'en as de meilleures, hein, dis-le donc si t'en as de meilleures. »

Urbain s'interrompit, laissant le concierge chercher.

CHAPITRE VINGT ET UN

— Le concierge posa sa pipe, se hissa hors de son fauteuil et alla ouvrir sans frapper la porte de la chambre. La fille lisait sur son lit, un livre ouvert au sommet de son ventre. « T'entends donc pas ta mère ? Elle veut te foutre dehors, et toi tu bouquines tranquille. T'as gâché ta vie en bas, malheureuse, tu le comprends donc pas ? Et comme si ça suffisait pas, tout ce que tu trouves à faire à cette heure, c'est de feignanter à bouquiner dans ton lit en te grattant le ventre ? Pourquoi que tu descends pas le retrouver, hein ? »

Comment Urbain pouvait-il connaître tous ces détails alors qu'il était dans la cave ?

— « Je ne veux pas partir, c'est chez nous, même si ça sent ta pipe, c'est là que je veux être. Avec toi. Avec elle aussi.
— Corne donc pas la page. Combien de fois faut-il te le dire ? Chez moi, chez nous... Elle a raison ta mère, ça a l'air de quoi ? Tu crois qu'on a la place de loger le monde, hein ?
— Je regrette, papa. Je te le jure, je regrette ! »

— Pauvre petite, crut devoir commenter Modard.

— Dites, c'était pas que ma faute, quand même... La concierge les avait rejoints. Elle détestait être tenue à l'écart des conversations, des siennes d'abord, de celles des autres ensuite. « Et le gosse, quand il sera là, tu vas le mettre où, hein, t'y as pensé ? On n'est pas assez serrés comme ça ?
— Je sais, on l'a pas, la place. Le gosse, on n'aura qu'à le mettre à la cave avec son père. » Elle réfléchit. « Parce que moi, d'abord, j'en veux pas. Il a qu'à le garder avec lui

en bas. — Du gosse ? T'en veux pas ? — Non, j'en veux pas, ni du gars. Un qui habite dans une cave. J'ai pas envie de vous faire honte dans l'immeuble. En plus, vous le savez peut-être pas, mais en bas, y a des rats, plein. » Ça, dit Urbain, c'était menti. Dans la cave, des rats, il n'y en avait pas. Dans les escaliers, un ou deux à écouter aux portes, mais pour le reste, ils se tenaient de leur côté du mur, dans les égouts. « J'en veux pas, non. T'as raison, maman, c'est pas de la belle vie que je me préparerais comme ça. Moi, ce que je veux, c'est rester avec vous dans la loge, je suis bien, ici. Et même, j'ai réfléchi que quand vous n'y serez plus, moi je resterai ici, avec cette photo de votre mariage qu'est là au-dessus du poêle pour me rappeler. Je veux pas partir. Gardez-moi, s'il vous plaît. Je recommencerai plus. » Alors là, dit Urbain, il paraît que les concierges, fallait les voir regarder leur fille.

« Paraît », songea Modard, mais, il était dans la cave, Urbain, pendant ce temps.

— Les enfants, des fois, c'est de la surprise. On croit les connaître, mais ils trouvent toujours le moyen de vous prouver le contraire. La photo, ça les chavirait. La concierge a serré sa fille dans ses bras, et son mari en a profité pour se retourner vers le poêle, le temps d'écraser une larme. Un vieux poêle à charbon à la fonte tout encroûtée de suie, un poêle qui avait largement fait son temps. « Après tout, dit-il, on pourrait installer des radiateurs. » Ah, de l'émotion, dans la loge, il n'en manquait pas.

— Mais, interrogea enfin Modard, comment vous savez tout ça ? Vous étiez dans la cave pendant ce temps-là, non ?

— Et alors ? Réfléchissez un peu...

Un peu, beaucoup, Modard ne faisait pas autre chose en écoutant Urbain, mais non, il ne voyait pas. Il se creusait la tête, aussi loin de la solution qu'un détective amateur à l'avant-dernière page d'un roman policier anglais.

CHAPITRE VINGT-DEUX

Comment Urbain, dans la cave à côté du tas de charbon, comment Urbain s'y était-il pris pour connaître tous ces détails des conversations dans la loge? Comment? s'interrogeait Modard.

— Un soir, je vois entrer le concierge, un couffin à la main. «Elle s'appelle Paulette. Pas la peine de chercher où sa mère a trouvé ça. Elle a dit "Paulette, comme dans le livre". Me demandez pas lequel. Me demandez pas non plus où qu'elle est. Sa mère et moi, on n'en sait rien. Partie. Comme ça. Ah non, je vous jure! Je la mets où?» Question superflue, il avait déjà posé le couffin, une mauvaise affaire en rotin, sur la pile de sacs. «Qu'est-ce que vous allez en faire, hein? C'est plutôt histoire de demander... Parce que maintenant, vous l'avez sur les bras. Elle ne va pas rester toujours là, sur les sacs. Il faut un métier dans la vie quand on a des enfants, ça mange, les gosses. Il faut pas leur en raconter. Et vous, de métier... Elle nous a dit que vous étiez dans le coloriage. Ça ne promet pas de vous mener bien loin, ça. Et pis, c'est pas en restant là à rien faire que vous pourrez en apprendre un, de métier. Comment que vous allez vous y prendre à présent?» Le concierge avait fait semblant de réfléchir. «Y a bien l'Assistance...»

Urbain ne fut pas dupe, l'idée venait d'ailleurs. D'après sa fille, le concierge n'avait pas souvent la parole dans la loge.

— La petite, dit-il, m'avait raconté que sa mère l'engueulait tout le temps. Elle lui reprochait d'être un feignant, ses rhumatismes avaient bon dos, juste un prétexte pour rester plombé dans son fauteuil à empester la loge avec sa pipe. « Un métier, c'est vrai qu'il va m'en falloir un. Je n'ai presque plus d'économies. — Comptez pas qu'on va vous en donner. — Concierge, c'en est un, de métier ? — Et comment ! Et qui ne s'apprend pas en restant à colorier ou à briser des lignes, ou à rien faire de propre dans les caves. Moi, avant mes rhumatismes, j'en avais un autre, de métier. J'étais hercule, parfaitement, hercule, ça aussi c'est un métier, un sacrément beau celui-là, dans le spectacle. — Hercule ? — Parfaitement. De foire. Hercule de foire, ça vous en bouche un coin, non ? » Des hercules, j'en avais vu quelquefois en photo sur les feuilles de journal autour des fromages de ma tante, mais jamais un vrai. Comme je vous ai dit, je ne sortais guère, et le coloriage, ça ne laisse pas beaucoup de loisir pour lever la tête. « Des cent kilos, je soulevais, même plus. Je les attrapais par un anneau, et hisse ! Une dizaine de soulèves, et j'étais rendu à la tonne. Les gens aimaient ça. Et puis aussi de me voir croquer dans des fers à cheval. Le fer à cheval, il ne se laisse pas facilement croquer. Faut savoir. — Comme tout… — Ma spécialité, c'était de tordre des barres de fer. C'est à ça qu'on reconnaît le bon hercule sur les foires, à comment il tord sa barre, à comment il la place derrière la nuque, la barre, et qu'il pousse sur les bouts. C'est comme ça qu'on le voit. » Les yeux brillants de souvenirs, le concierge mima une torsion de barre. « Ah, ça, si j'en ai tordu ! Il aurait fallu se lever matin et chercher loin dans le département pour trouver meilleur tordeur. De partout on venait me voir tordre. Même des Chinois, pour vous dire, hein, en autocar. Ils ne se déplacent pas pour rien, les Chinois. Et pas qu'une fois, j'en ai eu des Chinois.

Mais c'était surtout les gosses ! Les gosses, ils adoraient ça. Ils s'agglutinaient là, au premier rang, des dix-douze à la fois, collés, là, juste devant moi : "Allez, m'sieur, ils piaillaient, tords la barre, c'est vous le plus fort, m'sieur !" Alors moi, pour leur faire plaisir, je tordais. Je tordais à en devenir tout violet de chaud. Ah, qu'est-ce qu'ils ont pu me faire dégouliner, les gosses. Des fois, je leur passais une barre pour jouer avec. Après, je leur faisais tâter mes biceps aux gosses, pour qu'ils voient que c'était pas du chiqué. Les gosses, le chiqué, ils n'aiment pas ça. Faut qu'ils voient, qu'ils touchent. D'abord les barres, et après mes biceps. Ou le contraire. Je me rappelle plus bien, c'est loin tout ça... En tout cas, les gosses, pour me tâter, on peut dire qu'ils m'ont tâté. Et les gens aussi ils tâtaient, mais moins. Je les forçais pas, hein, juste ceux qui voulaient. Y en avait qui tâtaient du bout des doigts, comme ça, juste pour dire qu'ils avaient tâté, mais d'autres, je voyais qu'ils aimaient ça, alors, qu'ils tâtent, ça ne me dérangeait pas. Un hercule, ça se tâte, ça fait partie du métier. »

Urbain écoutait, captivé ; mais hercule, ça exigeait un gabarit bien trop éloigné du sien. Il laissa le concierge poursuivre : « C'est comme ça que j'ai connu ma femme. Un matin, vers la fin du marché, elle s'est arrêtée devant moi, l'air de rien, elle a tâté sans avoir l'air d'y toucher, comme ça, quelque chose qu'on fait en passant ; mais il y a tâter et tâter. Elle, elle avait beau pas appuyer, j'ai senti que ça l'intéressait. C'est des choses qu'on sent, ça. Après ses courses, elle est repassée, je la vois encore poser son filet, elle a retâté, pour être sûre comme elle a dit, et on s'est mariés. — Au marché ? — Après. Quand elle est revenue d'avoir déposé ses courses, on a causé, et on s'est décidés. — Et vous étiez d'accord ?

— Il n'y avait pas à hésiter. Une femme qui tâte comme ça, et qui retâte, c'est de la promesse, du bonheur à venir. — À quoi ça tient, des fois. » Mais il ne m'entendait plus. Ses yeux pétillaient. « À l'époque, j'avais une petite roulotte pour faire les marchés, ça me suffisait. Mais après le mariage, je suis venu vivre avec elle dans la loge. Elle faisait concierge ici depuis toute jeune. Les gens de l'immeuble n'ont pas fait d'histoires. Ils étaient bien contents d'avoir un hercule dans la loge. Faut comprendre, ça rassure. Je montais le courrier dans les étages. Ça me faisait de l'entraînement pour les jambes. Parce que les bras, ça ne suffit pas, pour faire hercule, il faut des jambes, même si on les regarde moins et que ça ne se tâte pas aussi souvent. — Les jambes, on ne pouvait pas vous les tâter ? — Ce n'est pas que je ne voulais pas, mais ça oblige à se baisser. Les gens préfèrent ce qui se trouve à portée de main. Je montais, je descendais... Au bout d'un moment on a eu la petite. Je l'emmenais avec moi chercher les seaux de charbon pour le poêle. C'est comme ça qu'elle a appris à descendre ici. Et puis un jour, voilà que ça a commencé à me prendre, en plein marché. Je venais de me cracher dans les mains, comme on fait toujours avant de mettre le talc pour pas que la barre glisse, j'allais me mettre à tordre, et là, comment vous dire ? » Le concierge marqua une brève pause. « Des espèces de picotements dans les doigts. Et les bras qui se mettent à ramollir, à devenir tout mous, de la guimauve, de la mie de pain. Et, de ce moment-là, j'ai plus pu. C'est jamais revenu. — D'un coup ? — D'un coup », confirma le concierge en détournant un regard humide où se mêlaient honte et regret. Et puis : « Mais on parle, on parle... Je me sauve, la patronne m'attend. Un bon conseil, ne tardez pas

à libérer la cave, sinon, je vais être obligé de vous faire déguerpir. Il me reste assez de biceps, quand même. »
« — T'en as mis un temps à le descendre, ce couffin. Qu'est-ce que t'y faisais dans la cave ? Tu ne lui as pas raconté ta vie, au moins ? Pas à ce type-là, qu'a fait un enfant à ta fille. Si ? T'as pas pu t'en empêcher. Mais faudra-t-il toujours que tu sois à dégoiser ? Combien de temps encore tu vas les ressasser, tes histoires d'hercule ? Tu ferais mieux de t'occuper d'aujourd'hui. — J'y ai dit comme tu m'as demandé, que notre fille a fichu le camp, comme ça, d'un coup, et qu'on ne sait plus où qu'elle est, et aussi de partir. Et crois-moi qu'il va le faire, sinon… — Sinon, tu vas le fiche dehors, toi, avec tes rhumatismes ? Va donc plutôt fumer ta pipe. Au moins, t'auras la bouche pleine, je t'entendrai plus te plaindre. — Mais quand même, tu le sais bien, toi, que je les ai les rhumatismes, et que c'est même à cause d'eux que j'ai arrêté. — Difficile de pas le savoir. Mais ce qui compte, c'est pas ce qui savent les gens, c'est ce qu'ils disent. — Laisse-les donc dire… — Ah oui ? Et la police, tu t'en rappelles de la police ? »
Plus tard, laissant leur fille à sa lecture, les concierges étaient redescendus ensemble dans la cave, mais ils n'avaient trouvé personne. Plus de locataire clandestin ni de bébé.

Le concierge vit un rat courir le long d'un tuyau et disparaître par un trou étroit derrière la chaudière.

En voilà un qui aurait eu à en raconter.

Mais allez donc demander quelque chose à une bestiole. D'abord il faut l'attraper, ensuite faut connaître la langue.

— Tout ça, demanda Modard, comment vous l'avez su ? Ça se passait en haut et vous, vous n'y étiez pas.

Il s'interrompit soudain :

— Non… Non. Ne me dites pas…

Le dresseur le regardait droit dans les yeux.

— Ah, enfin, vous avez compris. Ceux des étages, les plus malins, ceux qui se faufilent par les fissures et qui ne se laissent pas voir, les curieux, les explorateurs.

— C'est eux. Ils vous ont...

— Enfin, dans les grandes lignes, hein. Les détails, comme je vous ai dit, je ne peux pas les saisir, mais je les imagine, pas bien difficile.

— Et ensuite ? demanda Modard.

— Ah, ce n'était plus la même chanson. J'avais la petite avec moi. Toute mignonne, dans son couffin que les concierges m'avaient laissé. Pas question de la laisser sur les sacs. Les caves, ça ne leur convient pas, aux enfants. J'ai passé le couffin par le soupirail, et on s'est mis en route.

CHAPITRE VINGT-TROIS

— Vous y croyez, à la chance? demanda Urbain.

— Parfois, répondit Modard, à la malchance aussi.

— Ouais, bon... Ce jour-là elle m'a souri. Mais pas un sourire chiche, à la Joconde. Elle nous a montré toutes ses dents.

— Les dents de la chance?

— À la petite et à moi. Je me suis mis en tête d'y retourner voir, chez ma tante. Fallait que je trouve un abri, un vrai, pas une cave, et si possible sans concierge pour me foutre à la porte. J'avais dépensé toute mes économies, même plus de quoi acheter un ticket de métro. Avec la petite sous le bras, j'ai marché.

— Dans l'autre sens, alors.

— Après tout ce temps dans la cave, j'avais envie de connu. J'étais crevé, mais, remarquez, de marcher longtemps ce jour-là ça m'a été bien utile plus tard.

— Plus tard?

— J'ai fini par retrouver la maison.

— Elle était toujours là?

— Toujours. J'ai voulu entrer, mais la porte avait été changée pour cette grosse, là, avec les deux verrous. Vous ne l'avez pas remarquée en arrivant parce qu'elle était ouverte. J'ai toqué un peu plus loin, chez Félie.

— La voisine qui vous avait donné le plan de métro.

— «Ah, te voilà revenu? Alors, ce voyage? Où qu'c'est qu'tu as donc été tout ce temps? Tu as dû en voir, des belles choses. Ben, et qu'est-ce que tu as là? C'est pour moi? Fallait pas.»

Elle avait dû m'imaginer zigzagant sur les lignes, Félie, et elle devait s'attendre à ce que je lui rapporte un souvenir. Moi, si quelqu'un me disait qu'il s'en va à Austerlitz, j'aimerais bien qu'il me rapporte quelque chose du métro, un petit Napoléon en bois...

— Ou un soleil.

— Qu'on poserait sur un buffet, et qui ferait plaisir quand on passe à côté.

Modard regarda le baromètre perché en haut du buffet. La dame mauvais temps était rentrée chez elle ; nez en l'air, le bonhomme profitait de la douceur de l'après-midi finissant.

On parle, on parle, et le temps passe.

— Déçue, alors, Félie?

— Pensez. Quand je lui ai montré la petite dans le couffin, elle a fondu comme les économies d'un turfiste sur un tapis de poker. On aurait dit que ses bras n'avaient jamais été faits que pour la prendre, la petite. «T'en fais pas, on va la choyer celle-ci, hein qu'on va te choyer, toi. — Et la maison, quelqu'un y habite?» Félie a regardé dans la direction du hangar, comme si elle avait peur d'être entendue. «Non, elle est vide. C'est dans le hangar qu'il est. — Qui ça? — Celui qui l'a eu avec la maison quand on t'a fait déguerpir. Maudit roué, toujours à fouiner dans le quartier. Tu ne pouvais pas le voir, occupé comme tu étais avec tes coloriages. Mais moi, il y a un moment que je l'avais repéré. Je suis de la campagne, moi, et là-bas, l'œil, on l'a. La maison, personne ne savait très bien à qui elle appartenait au juste. Pas de papiers. Ne me demande pas comment il le savait. Les autres voisins lui ont dit qu'il pouvait la prendre, pourvu qu'il les débarrasse des chèvres. Et le notaire n'a pas cherché plus loin. Pense donc, une bicoque et un hangar. C'est comme ça qu'il les a eus. — Tu crois qu'il me laisserait la louer? — Dame, un comme ça, on ne sait pas comment ça pense. Tu as de l'argent? — Non. — Un travail? — Non. — Va falloir en trouver. Surtout avec la petite.» Je suis resté un peu pour revoir la maison. Il est sorti du hangar : «Elle est vide. Foutez le camp.» Il a refermé la porte, mais il est ressorti presque aussitôt. Comme s'il voulait voir quelque chose. Il s'est approché et il s'est penché sur le couffin. Et là, croyez-le si vous voulez, comme Félie, pareil. «Revenez un peu plus tard, faut que j'aère.» Et il est rentré dans le hangar. Mais pour Félie, ça ne lui ressemblait pas de nous laisser prendre la maison. «Bon, à présent, je m'en vais chercher du travail. Je te la confie.» Félie ne s'est pas fait prier. Pour gagner notre croûte, à Belette et à moi, il me fallait apprendre un métier. Pour ça, j'avais besoin de temps.

— C'est vrai, approuva Modard, quand on ne sait rien faire.

— Me voilà reparti à remarcher. Et croyez-le ou non, je me retrouve devant mon soupirail.

— Celui de la cave?

— Tout juste.

— L'effet d'aimant, commenta Modard.

— Connais pas... Moi, je crois plutôt aux allers-retours. Je regarde à l'intérieur et, au pied du soupirail, si je ne vois pas deux rats, deux jeunes, des futés, ceux des étages, que les autres envoient explorer. Je les ai reconnus, ces deux-là, des bavards. C'était eux qui m'avaient raconté pour la loge. Je les connaissais bien, la mère me les apportait tout bébés pour que je leur donne des petits restes par la fissure. Eux aussi, ils m'ont remis. On était contents de se retrouver.

— J'imagine…

— Quand ils sont contents, les rats, ils vous courent dessus. Ils vous grimpent sur les pieds, ils vous escaladent les jambes. Aussi sec, ça m'a donné une idée. Quand ils ont eu fini de me raconter, j'ai ouvert mes poches en grand et hop, les voilà dedans. Des curieux, ça ne demande qu'à en voir le plus possible. Dans mes poches, la place ne manquait guère. Ils ont sauté dedans, et en route. Je ne savais pas où on allait, mais en chemin je leur ai dit mon idée : essayer de faire des numéros ensemble. Si les gens trouvaient ça amusant, ils nous donneraient un peu d'argent. Les deux rats, eux, ils s'ennuyaient à la longue dans les escaliers, alors ils ont été d'accord. En plus, je leur ai parlé de la petite, et ça a fini de les convaincre. Les rats, ils ont bon cœur, vous savez.

— Braves bêtes.

— Au début, on ne savait pas trop quoi faire. Je m'asseyais dans la rue et je les laissais là, devant moi, à côté d'une soucoupe dans une vieille corbeille à chat que j'avais ramassée. Mais les gens ne s'arrêtaient pas, souvent même ils faisaient un crochet pour nous éviter. Les rats, hein…

— Sales bêtes !

— Si on restait trop longtemps, les gens nous chassaient ou appelaient les agents. Fallait trouver quelque chose, qu'on s'en sorte, qu'on gagne notre croûte. J'ai eu l'idée de leur apprendre à courir sur ma manche. Ça peut paraître facile mais, si on veut que ça soit bien, c'est comme le reste, il faut prendre son temps.

— Faire les choses à la va-vite, ça ne profite jamais longtemps, observa Modard.

— On croit qu'ils courent, mais le plus souvent, les rats rampent. C'est ce qui leur vient en premier. Courir, et surtout en ligne droite, il a fallu leur apprendre. Des mois, ça m'a pris. Et pendant ce temps-là, pour envoyer des sous à Félie, je devais trouver d'autres boulots, des vrais.

CHAPITRE VINGT-QUATRE

Modard éprouvait de la difficulté à suivre le fil de la bobine des souvenirs d'Urbain. Ou plutôt les fils, tant ils étaient nombreux et emmêlés, se chevauchaient, et faisaient des nœuds que même Urbain ne parvenait pas à desserrer.

Année après année, les rats avaient fait des petits. Beaucoup. Et Urbain était finalement rentré. À son retour, Félie lui avait annoncé son projet de retourner vieillir en Bretagne. À présent qu'il était là, elle pouvait partir. La petite était grande et, préparée par Félie aux retrouvailles, elle avait fait fête à son père.

— Est-elle pas heureuse de retrouver son papa, hein? avait dit Félie en accueillant Urbain.

Elle tenait par la main une grande fille aux longs cheveux du même roux que ceux de son père.

— Elle n'a manqué que de toi, et à présent que vous voici tous les deux, je m'en vais pouvoir repartir d'où j'étais venue.

— Pas tout de suite, Félie. On vient juste de se retrouver. Il faut qu'on s'habitue.

— Non, tu as raison, pas tout de suite… dans quelque temps.

Quelque temps, ça ne veut rien dire. Urbain en avait fait l'expérience avec la disparition aussi subite qu'inattendue de Félie.

Aussi subite qu'étrange.

Les questions affluaient depuis son retour. L'autre, dans le hangar, il y était toujours? Félie en avait-elle appris un peu plus sur lui?

Et surtout...

La petite, si ses calculs étaient justes, la petite devait approcher des treize ans. Alors, pourquoi Félie se comportait-elle avec elle comme avec une enfant ?

CHAPITRE VINGT-CINQ

— J'ai fait homme-sandwich. Ce métier-là, c'est beaucoup de marche, ça me convenait. Pour une lessive, d'abord. Trois lettres, ça ne pèse presque rien. Les patrons étaient contents. Mon compte-pas affichait des quinze, seize kilomètres à la fin de la journée. Ça en fait, des lecteurs, quand on sait trouver les rues où va le monde. Les gens sont plus curieux dans certains quartiers que dans d'autres, ou ils ont plus de temps.

— Trois lettres, c'est vite lu.

— Dans ce métier-là, avec l'habitude vous sentez les regards dans votre dos, et l'homme-sandwich, c'est justement ce qu'il recherche. Plus on lui regarde le dos, plus on lui lit les panneaux.

— Vous avez l'air d'avoir aimé ça, sandwich.

— Beaucoup. Des années, j'ai marché. Même quand les hivers étaient durs, comme le quatrième ou le cinquième, vous dire lequel, je ne saurais plus, ça date. Mais j'ai été obligé d'arrêter.

— Obligé ?

— Un matin, une démangeaison, envie de me gratter.

— Laissez-moi deviner, vous aviez attrapé des puces sur un banc.

— Pensez donc. Un passant qui m'engueule. En pleine rue, il m'attrape le panneau arrière et il se met à me secouer : « Où vous croyez-vous, espèce de dégueulasse ? », qu'il braille. J'ai passé le panneau par-dessus ma tête et là… C'était après la lessive. Toujours sandwich, mais j'avais trouvé à travailler dans l'instruction. Je l'avais pris de confiance, ce panneau, sans le lire, forcément, dans l'instruction... « Court du soir », vous imaginez ?

— Pas possible...

— Si. Blanc sur vert, là, sur mon panneau, en gros caractères. Vous en faites, vous, des fautes d'orthographe ?

— Moi, dit Modard, j'avais tous les prix de dictée à l'école.

— Tout de suite un attroupement. Ah, comment ils m'engueulaient. Fallait les entendre. Dans le fond, j'étais d'accord avec eux. Si le type ne m'avait pas arrêté, je les aurais baladées toute la journée. Les fautes d'orthographe, c'est des chiures de mouche sur les mots.

— Tout à fait. Pas des choses à montrer.

— Surtout aux enfants. On a beau faire des dictées, ça ne suffit pas, il va toujours en rester une dans un coin, qu'on n'a pas vue.

— Relire, c'est ça le secret.

— Alors si en plus on se met à en semer plein les rues... Ils m'ont laissé partir la queue basse et mes panneaux sous le bras. Après, j'ai tenté de le dire aux patrons, de les faire corriger. « On s'en fout, nous, des fautes, du moment qu'on voit ce qu'est écrit. On ne va pas repeindre les panneaux pour une faute, non ? Tu sais ce que ça coûte de peindre des panneaux ? »

— Faut reconnaître, admit Modard, ils ont des frais, les patrons. Une faute ou deux, ça ne peut pas vraiment nuire au commerce.

— Pas une raison pour égailler de la mauvaise lecture partout. Mais il me le fallait, ce métier, pour les sous que j'envoyais à Félie. Et puis c'était le premier que j'avais appris.

Alors là, à cause des fautes, au lieu de marcher, je m'asseyais sur le premier banc, et les panneaux je les retournais, personne ne pouvait les lire. Évidemment les réclames, on ne les voyait plus. Les patrons ont fini par s'en apercevoir. Ils ont trouvé quelqu'un de moins regardant. Viré, Urbain.

— Si c'est pas malheureux… Vous avez cherché autre chose ?

— Le numéro de la manche, vous vous rappelez ? Mais il n'était pas au point. Il me fallait encore du temps pour le perfectionner, alors j'ai cherché des positions pas trop prenantes.

— Par exemple ?

— Planteur.

— Ah, la campagne…

— De clous. Je plantais des clous aux passages. Pour éviter aux gens de se faire écraser en traversant n'importe où. Le clou de rue, c'est particulier. Il faut le planter bien droit entre deux pavés, bien droit mais sans taper trop fort, sinon, on écrase la tête et faut recommencer. J'en ai transporté, des sacs de clous sur mon dos. Un sac de clous, ça pèse autrement plus lourd que deux panneaux, sans compter le poids du marteau. Plus tard, quand on les a remplacés par des bandes et que j'ai dû les arracher, ça m'a fait de la peine. Il y en avait de presque neufs, qui luisaient le soir tout mouillés de pluie sous les lampadaires et les phares des autos. Vous n'imaginez pas le temps que ça prend à déclouer, un carrefour, même quand c'est planté bien droit. Les sacs de clous, au lieu de les vider, cette fois je les remplissais. Avec leur tête arrondie, j'avais l'impression d'aller aux champignons… Des champignons en fer, vous imaginez… Ah, de travail, je n'en ai pas manqué.

Et de l'utile, songea Modard qui ne s'aventurait jamais à l'aveuglette dans un carrefour.

— Quelques années plus tard, à la place des clous, la peinture. Peintre en bandes de rue. Pas facile non plus, cette peinture-là, elle colle, il faut des bras pour l'étaler. Et pour les bandes, attention à ne pas déborder, à ne pas franger, de quoi ça aurait l'air ?

— De pas grand-chose, dit Modard.

— Une bande avec des franges, c'est une bande à refaire. Et si on se tache et que ça colle, on s'en souvient des séjours dans la bassine de décapant.

— Et vos rats pendant ce temps, ils étaient où ?

— Chez Félie. J'y passais de temps en temps, quand j'avais des congés. Félie me disait que la petite était très gentille avec tout le monde, même qu'on ne savait pas d'où ça lui venait. Et avec les rats, des vrais frères et sœur. Tellement qu'elle s'est mise à vouloir parler avec eux. Les enfants, ça vous apprend une langue en moins de deux. Quand je rentrais, elle m'aidait pour l'apprentissage. Les gestes, c'est bien, mais si on peut dire les choses, ça facilite.

Gentille avec tout le monde, Peter Pan, Modard commençait à y voir un peu plus clair.

— Et après les bandes ?

— J'ai lâché la peinture. Je voulais apprendre autre chose. J'ai fait des tas de choses, et un jour, je me suis retrouvé à l'hôpital.

— Un accident ?

— Une place en syphilographie. Ça vous dit quelque chose ?

— Vaguement.

— Vous aussi ?

— Comme à tout le monde, non?

— Ouais, bon... Une place qui s'est libérée. À la porte.

— De l'hôpital?

— Planton médical. Devant un hôpital, forcément. Devant une boutique, le planton, il est commercial, devant un théâtre ou un musée, on met un planton artistique – moi, c'était médical. J'orientais les consultants vers les cabines de la syphilographie. «Par ici, porte trois, ou par là, porte cinq. Non, cinq, vous savez compter? La dernière, tout au fond.» Les gens étaient tous bien aimables, un peu tendus des fois, pas toujours souriants, surtout ceux qui avaient mis du temps à venir consulter, mais aimables. Jamais bien bavards. En ressortant ils ne s'attardaient pas. Fallait les voir emporter leur grimace à toute vitesse. C'est fou comme on peut marcher vite en serrant les genoux... Et ça me laissait du temps pour les rats. J'en avais avec moi dans ma guérite. Par terre, dans leur caisse, personne ne pouvait les voir. J'avais collé des planches pour en faire des rangées bien droites, et ils faisaient des allers-retours impeccables. Deux à la fois, pas plus. En rentrant, j'en mettais plusieurs sur ma manche et pour un premier petit spectacle de rue, ça allait tout seul.

— Plusieurs? Vous en aviez trouvé d'autres?

— Non, mais les deux du soupirail, un coup de chance, c'était mâle et femelle, alors bien sûr... Même que j'avais dû réguler. Les rats, si on ne régule pas, on se retrouve vite envahi.

— Bien sûr, dit Modard.

— L'amour libre, vous connaissez?

— Comme ça, dit Modard.

— Les Américains venaient de l'inventer. Presque tout le monde a voulu en tâter. Mais au début, les gens ne savaient pas bien comment s'y prendre, il y en avait beaucoup qui faisaient n'importe quoi. Du coup, une foule à la syphilographie. Je n'avais bientôt plus de temps pour mes rats. Pire qu'à l'arrachage des clous. Heureusement, à ce moment-là, le numéro était prêt. Je lui avais même trouvé un nom : la traversée de la manche. J'écrivais ça sur une petite ardoise pour présenter le spectacle. Pas mal, non ?

— Ça vous avait pris longtemps ? demanda Modard.

— Pour le nom ?

— De finir le numéro.

— Plutôt, oui. Deux ans. Deux ans de porte d'hôpital. Mais maintenant j'avais de quoi me lancer. La petite avait bien grandi. Elle l'était encore, mais beaucoup moins.

— Petite ?

C'est vrai, se reprit à songer Modard, elle ne l'est pas tant que ça. Quel âge, la petite ?

— Félie s'était bien occupée d'elle pendant que je travaillais. À part la grammaire. La grammaire de Belette, je ne m'y ferai jamais.

— Elle est jeune, fit Modard, ça s'arrangera.

CHAPITRE VINGT-SIX

— Planton médical, j'ai lâché. J'allais sur les marchés à présent. Les passants s'arrêtaient plus longtemps pour voir traverser la manche. Les passants de marché flânent plus volontiers que les passants de trottoir. Ils jetaient aussi plus de pièces. Ça ne marchait pas trop mal. Au bout d'un moment, l'argent des spectacles a suffi pour le loyer et la petite avec Félie. Avec son crochet, Félie avait du mal à joindre les deux bouts. Des rats, je n'en manquais pas, comme je vous disais, j'avais emporté un couple de la cave, le coup de chance. Moi, sur le moment, je n'avais pas fait attention, mais eux, si.

— Les animaux, dit Modard, ça sait des choses.

— Et pour ça, pas besoin de leur montrer ni de les encourager. Je me suis vite retrouvé à en avoir plusieurs douzaines.

— Ça se compte comme ça, les rats ? Comme des huîtres ?

— Oui. Ou comme des escargots. Mais les douzaines, elles ne tardaient pas à arriver, les uns derrière les autres. Fallait agir. J'ai appris à les regarder en dessous. Mâles d'un côté, femelles de l'autre. Je les mélangeais juste quand j'avais besoin de petits. Avec les jeunes, le dressage est plus facile. Chez les vieux, les habitudes finissent par prendre toute la place et il n'en reste guère pour de la nouveauté. Je ne les garde pas longtemps.

— Qu'est-ce que vous en faites, demanda Modard. Vous les…

— Je les remets en circulation.

— Vous les relâchez?

— Les rats, faut que ça circule. Ils ont toujours quelque chose à faire, des choses de rats, des choses qu'on ne comprend pas forcément et qui ne regardent qu'eux. Faites-leur confiance, ils savent. À peine relâchés, faut les voir filer. Sans hésitation. Vous ne verrez pas souvent un rat hésiter. Un rat qui hésite, c'est des ennuis. Bref, pour en revenir aux jeunes, on peut leur apprendre des tas de choses. Faut juste leur expliquer.

— Mais vous, comment est-ce que vous avez fait pour…

Sur ce point, Modard demeurait tout à fait incrédule.

— Pour apprendre à parler rat? Ah, fit le dresseur, le rat, c'est très particulier. Le chat, le chien, ils n'ont pas de langue. Ils écoutent, et à la longue ils finissent par comprendre leurs propriétaires.

— Tous, vous croyez?

— La plupart. Les rats, c'est autre chose. Des propriétaires, ils n'en ont pas souvent. Ils parlent entre eux, alors leur langue, il faut entrer dedans, et la clé, ils ne vous la donnent pas facilement.

— Question de confiance?

— La mort-aux rats, les pièges à guillotine, les noyades, et j'en passe, depuis le temps, vous croyez que ça inspire confiance?

— Évidemment…

— Non, il faut une bonne raison, sinon…

— Pas un mot.

CHAPITRE VINGT-SEPT

— Mot, ce n'est pas le mot.

Modard dut bien admettre que c'était vrai.

— Les mots ne comptent pas tant que ça, c'est surtout le reste ; on n'en fait jamais le tour. Pour les mots, le plus dur, c'est de plier les lèvres. Comme ça.

Un froncement de sourcils, les yeux qui s'arrondissent et semblent rétrécir, un pliage labial compliqué, et Modard vit soudain le nez d'Urbain s'allonger comme un museau de rongeur.

— Hein, fit le dresseur, reprenant son visage humain, pas commun, ça. Aujourd'hui on n'y pense même plus, ça se fait presque tout seul. Et puis apprendre, ça leur plaît, ils n'en ont jamais assez, vous n'imaginez pas comme ils m'en réclament. Surtout la danse.

— Ce matin, au marché, confirma Modard, pour ce qui est de danser, ils ne s'en privaient pas.

— Le tout, c'est de leur donner envie. Sinon, même pas la peine d'essayer. Un rat qui rechigne, pire qu'un âne qu'on tire. La danse, c'est ce qu'ils préfèrent. Ils aiment que ça bouge, alors la danse, c'est idéal. Et pour la cadence, la guimbarde, il n'y a pas mieux.

— Pourquoi la guimbarde ?

Le dresseur considéra Modard. Pourquoi ? Pourquoi ? Il en avait encore beaucoup des questions ? Pourquoi la guimbarde ? Et pourquoi il ne leur demandait pas directement, aux rats ?

— La guimbarde, ça se joue avec les dents, les dents de devant. Les rats aiment beaucoup voir nos dents. Surtout celles de devant, de leur montrer, ça leur fait comme une politesse. Et aussi avec la lame, très important la lame, attendez, je vous montre.

Urbain sortit de sa poche la guimbarde que Modard avait entendue au marché.

— Là, tenez, dit-il en posant l'extrémité de son pouce sur la lame, vous voyez comme c'est aiguisé. Alors, gaffe à pas se couper la langue. Moi, la lame, je l'affûte en biais avec cette pierre. Tiens, où est-elle passée, je l'avais mise là, sur le rebord de la fenêtre ? Je la coince contre le côté de ma langue, la lame, juste là, dans le muscle, un coup à attraper, et je module. Capital, ça. Les sons, il faut qu'ils leur parlent, aux rats, qu'ils aillent les chercher au fond de l'oreille. Trop haut ou trop bas, et ils ne comprennent plus. Ils vous regardent l'air de se demander ce que vous leur voulez. Après, ils se regardent les uns les autres, et quand ils ont compris qu'ils n'ont rien compris, difficile d'en obtenir quelque chose. Faudrait pas que ça arrive pendant qu'on se produit. Mais à la fin, si ça marche, on arrive à faire du spectacle, du beau, qui se tient.

— Magnifique, dit Modard.

— Trop aimable, dit le dresseur. Vous voulez essayer pour voir ?

Il tendit la guimbarde à Modard.

— Je n'ai jamais été très musicien. En plus, j'ai l'émail fragile.

— Faites voir, relevez.

Modard retroussa sa lèvre supérieure pour découvrir ses incisives.

— Ah mais oui, dites donc, constata le dresseur, vous avez l'incisive en retrait, légèrement déchaussée même.

— Je vous le disais.

— Essayez quand même, insista Urbain.

Modard se colla la guimbarde sur les lèvres.

— O a? demanda-t-il.

— Bougez la lamelle. Avec le pouce.

— Aie, é en!

— Quoi vos dents? Vous appuyez trop fort... Montrez pour voir.

Modard rendit la guimbarde et ouvrit la bouche.

— Ah, la vingt et un... Laissez-moi regarder... Non, pas de bobo.

— Vingt et un?

— Le numéro de votre dent, là.

— Vous vous y connaissez en dents?

— En dents de rats, répondit le dresseur, chez eux, les dents, on ne plaisante pas avec.

— La guimbarde, dit Modard, ce n'est pas pour moi. Il y en a d'autres?

— D'autres quoi?

— D'autres spectacles, au marché?

— Les oiseaux, vous ne les avez pas vus?

— Non, dit Modard, juste vous et les rats.

— La chorale des oiseaux au père Mistol, vous ne l'avez pas entendue? Encore la faute à Bourfre et ses chats, dit Urbain, les oiseaux en ont peur, alors ils perdent le goût de chanter.

— Il en a aussi après les oiseaux, Bourfre?

— S'il pouvait lâcher ses chats sur les oiseaux, il ne se gênerait pas. Ah, du vice, ils en ont. Vous avez déjà vu un oiseau dans les griffes d'un chat, d'un gentil chat à sa maman ? Âmes sensibles s'abstenir. Et à plusieurs, pensez si ça y va. Il paraît qu'ils ne peuvent pas s'en empêcher, hein, mais tout de même, des fois on voit bien qu'il n'y a pas que leur nature. Le goût de faire du mal, ils l'ont, les chats, on ne m'ôtera pas ça de l'idée. Alors vous parlez, ceux de Bourfre, tout le temps attachés et qui s'emmerdent à attendre le chaland, quand il leur tombe de la distraction sous la griffe, le Bourfre, il ne se fatigue pas trop à essayer de les retenir.

CHAPITRE VINGT-HUIT

— Belette ? Pas là ? Aux commissions… Encore… Ou alors chez l'autre, là-bas… On est rentré tôt aujourd'hui, à ce que je vois. Il ne doit pourtant pas manquer de monde au marché avec ce temps… Mais il y a de la compagnie… Je reviendrai.

— Non, restez. Je vous présente. Monsieur…

Modard s'était levé.

— Modard, dit Modard en tendant une main incertaine au nouveau venu sanglé dans un tablier de cuir, et dont le regard, introuvable, était dissimulé derrière une paire de lunettes yeux-de-guêpe.

— Monsieur Modard, répéta Urbain. Puis, se tournant vers le nouvel arrivé : mon pro…

— Restez donc assis, coupa l'autre, projetant vers celle de Modard sa main à la vitesse d'une langue de caméléon au passage d'un coléoptère.

Étrangement, ce fut une limace jadis ramassée au jardin de sa grand-mère qui visita la mémoire de Modard.

Au même instant, une odeur nouvelle envahit la cuisine, qui lui fit regretter la strip-teaseuse.

— Qu'est-ce que vous nous apportez là ? demanda le dresseur.

— Je viens de le faire, goûtez, dit Monpro… en tendant à Urbain une assiette recouverte d'un torchon jauni.

Modard perçut l'ordre derrière l'invitation. Ne lui échappa pas non plus un mouvement de recul qu'Urbain tenta vainement de réprimer.

— C'est du blanc? demanda l'homme en désignant la bouteille sur la table.

— Je viens de le remonter, dit le dresseur.

— Idéale, non, pour le vin, la cave de ma maison?

— Très bien, confirma Urbain, elle est très bien.

— Et pour autre chose aussi. Pour y mettre des bêtes. Et ça, hein, il vaut mieux que ça ne se sache pas, parce que des rats, si le voisinage venait à l'apprendre, il n'aimerait sûrement pas ça, le voisinage… Il pourrait bien les signaler à l'hygiène, les rats de la cave…

Après celui des équilibristes sur la planche, Modard ne s'était pas attendu à un nouveau numéro, mais celui-ci, dans un genre différent, n'était pas mal non plus.

— Parce que, ajouta Monpro… à l'adresse de Modard, le voisinage, ici, il écoute quand on lui dit des choses. Des choses intéressantes… Tiens, autrefois il y avait un individu au marché qui soulevait des poids et qui se faisait tâter les biceps par tout le monde, même par les mômes, eh bien, le voisinage, quand il l'a su, il n'a pas été long à trouver ça louche.

Monpro… s'était tourné et fixait Urbain :

— Et ça n'a pas traîné, au poste, l'hercule et ses poids. Il s'en est tiré avec un avertissement, on se demande bien pourquoi… Mais il ne s'en est pas fallu de beaucoup. Se faire tâter, je vous demande un peu.

— Je m'apprêtais à trinquer avec monsieur Modard, dit le dresseur.

Le visiteur, longiligne, avait posé sur la table l'assiette enveloppée du torchon jauni. Il alla chercher un couteau dans le tiroir du vaisselier.

— Vous savez où ça se trouve, dit Urbain.

— Je sais où tout se trouve ici, articula lentement le visiteur. C'est chez moi ici, même si j'habite ailleurs, faudrait pas que ça s'oublie.

Modard ne voyait toujours pas les yeux embusqués derrière la paire de lunettes yeux-de-guêpe.

— Regardez donc ça, ajouta l'homme.

Soulevant le torchon jauni, il découvrit, à la manière d'un prestidigitateur, un cube de matière flasque, violacée, ficelé comme une paupiette.

De quelque chose.

— Quatre j'en ai mis, pas un de moins.

— Quatre, fit Urbain admiratif, ce n'est pas rien.

Silencieux, Modard suivait avec intérêt leur pas de deux.

— Vous en aviez mis autant la dernière fois ?

— La dernière fois, ça avait cuit trop longtemps. Ce coup-ci, c'est du presque cru. Pour le goût. Approchez.

Urbain se pencha sur l'assiette.

— Ah oui, dit-il, on sent le…

— Le sang, achevèrent les yeux-de-guêpe.

Du presque cru, se surprit à penser Modard, quatre quoi ? La question s'était glissée dans son esprit avec l'insidieuse sournoiserie d'un ankylostome dans l'orteil d'un missionnaire.

Inexorablement, elle traçait son chemin.

— Ah, mais ça en avait du goût, dit Urbain, prononcé même.

L'homme s'approcha du dresseur, couteau en main.

— Prononcé… Tout vous, ça, toujours à exagérer. Pas fade, on est d'accord, mais le goût, je me demande où vous étiez allé le chercher. Celui-ci, c'est autre chose, là, oui, du goût, il y en a.

— En tout cas, il se tient bien, dit Urbain.

— Avec quatre, il peut. Et tendre, facile à trancher.

Parmi les phalanges qui lui serraient le manche, le couteau de cuisine prit soudain l'aspect d'un couteau d'autre chose, de quelque chose que Modard et Urbain se surprirent à regarder fixement, comme on regarde, planqué derrière un tronc d'arbre une nuit d'hiver, une charogne s'extirper lentement du fond d'un bourbier.

Vorace, la lame mordit la paupiette à trois reprises. Quatre tranches gisaient à présent sur l'assiette dans une gelée rougeâtre.

L'homme essuya la lame sur un côté de son tablier de cuir.

— V'là les commissions, annonça Belette en entrant. Où que j'les pose ? La table elle est pleine.

— La table est pleine, Belette, pas elle est pleine.

Le dresseur corrigea sa fille, mais, sembla-t-il à Modard, avec moins d'assurance qu'avant son départ pour les commissions.

— J'en veux pas, prévint Belette avisant l'assiette sur la table. La dernière fois, j'ai tout vomi.

— N'accuse pas le pâté, dit son père, la dernière fois tout le monde en a pris et, à part toi, personne n'a eu à s'en plaindre, au contraire.

— Tout le monde ? s'étonna Belette. Il y avait que nous deux et lui.

Urbain ne répondit rien.

Modard tentait d'afficher un certain détachement, mais il avait la désagréable impression que les trois autres pouvaient distinctement entendre ses muettes questions.

— Qu'est-ce qui remue dans ta poche, Belette ? demanda son père.

— C'est Moinet qui me l'a donnée.

Elle sortit de sa poche une rainette qu'elle exhiba en la tenant délicatement par une patte.

Tout le monde entendit le couteau tomber sur le lino.

— Elle est belle, non ? Vert pomme, continua Belette. Y en avait dans son jardin ce matin. Il m'en a cueilli une, exprès que pour moi.

La fillette marqua une pause avant de préciser dans la direction de Monpro… :

— Mais c'est pas pour la manger, hein, c'est pour le temps. Moinet m'a fabriqué une petite échelle, et il m'a donné un bocal pour la mettre dedans. Elle me dira c'est quoi le temps qu'il va faire.

— Fais voir, dit Monpro… en tendant le bras vers la grenouille que Belette s'empressa de faire disparaître dans sa poche.

— Encore quelque chose qui ne sert à rien, dit Urbain. On a déjà eux, là-haut, sur le vaisselier.

— Si elle monte, dit Belette, il fera beau et si elle descend, eh ben, c'est qu'il va pleuvoir.

Elle s'interrompit.

— Ou c'est le contraire, reprit-elle. Enfin, de tout façon, de la regarder faire, ça dira c'est quoi le temps.

Du coin de l'œil, Modard put voir une nuance de fierté colorer furtivement le visage du père.

— Tu étais encore chez lui, grinça Monpro… soudain blême autour de ses lunettes, à faire de l'inutile. Décidément, c'est de famille.

— Je t'avais pourtant dit d'aller aux commissions, ajouta son père.

— Aux commissions, renchérit Monpro…, pas ailleurs.

Tu sais ce qui arrive aux enfants désobéissants, articula-t-il lentement.

Des rats, des chats, des oiseaux et maintenant une grenouille. La matinée de Modard prenait des allures d'embarquement sur l'Arche de Noé. La rainette avait momentanément fait diversion mais, tout près sur la table, la paupiette attendait. Belette avait déposé une miche juste à côté avant de disparaître dans sa chambre.

— Bon, le mieux, c'est de goûter, pas vrai ? dit Urbain d'un ton faussement enjoué.

— Un instant, lança soudain Monpro…

CHAPITRE VINGT-NEUF

Le dresseur se figea.

Monpro… avait ramassé le couteau. Il coupa trois tranches de pain. Du pouce, il écrasa sur chacune un morceau de sa confection, puis alla chercher un bocal dans la porte du frigo.

— Sans cornichons, ça le serait, déclara-t-il.

L'air interrogateur de Modard ne lui échappa pas plus qu'au dresseur.

— Cornichon, dit-il en rigolant. Sans cornichons, ça le serait… cornichon. Vous comprenez? Au moins, cette fois, vous y avez pensé.

La remarque s'adressait au dresseur qui, cette fois, avait pris garde de ne pas les oublier. Contrarier Monpro… restait rarement impuni. Urbain se souvenait encore de sa colère froide la dernière fois qu'il était arrivé dans la cuisine avec son pâté dégueulasse.

Si seulement sa tante avait pensé à faire les papiers, à établir sa propriété sur la maison. Mais voilà, autrefois les gens marchaient à la confiance. Beau résultat. Urbain et Belette à la merci de ce maniaque en tablier de cuir qui continuait à rire tout seul de sa plaisanterie imbécile.

Pas étonnant que Félie ait préféré partir.

Disparaître.

Depuis l'arrivée de Monpro… dans la cuisine, on n'avait plus le cœur à rire.

Modard s'efforçait de moins penser, sinon, les délicates membranes qui amarraient encore son cerveau à l'intérieur de son crâne ne tarderaient plus à lâcher.

— Et la flûte ? demanda-t-il soudain en reposant la tartine sur la table, ça ne serait pas plus à leur goût ?

Voilà que ça le reprend avec ses questions. La flûte, à présent, je vous demande un peu... La flûte, comme si c'était le moment, avec Monpro... qui attend qu'on lui goûte la paupiette. Urbain ne fut pourtant pas mécontent de pouvoir saisir l'occasion. Il posa sa tartine à côté de celle de Modard.

— Quoi la flûte ? Quoi la flûte ? Vous aussi ? Qu'est-ce qu'ils ont tous à la fin avec cette histoire de flûte, fit-il mine de s'agacer.

— Que la guimbarde, je veux dire.

— Mais répondez donc, dit Monpro... en plongeant dans le bocal la pince à cornichons qu'il avait sortie du tiroir.

— Ah, dit Modard, je ne voulais pas...

— Il va vous répondre, dit Monpro..., la pince béante au bout du bras comme celle d'un homard sur la trace d'un banc de bars.

— Une histoire de bonne femme, des balivernes, dit le dresseur en jetant un regard dans la direction de Monpro... Le tort que ça a pu faire à la profession. Les rats aiment la musique, d'accord, mais de là à suivre un joueur de flûte... À la rigueur, que les premiers aient sauté, je veux bien, mais ceux de derrière, bernique. Aux rats, on ne la leur fait pas aussi facilement qu'à des moutons.

Tiens, songea Modard, des moutons à présent.

— Sans compter que pour noyer des rats, faut tout de même un sacré courant, ça s'y entend, ces bêtes-là, pour nager. Non, tout ça, c'est calomnie et compagnie.

— Du pipeau, alors ? avança finement Modard.

Mais Urbain n'avait pas le cœur à rire. Il réfléchit un instant :

— La flûte, c'est juste bon pour les serpents, dit Urbain en se tournant vers Monpro....

Et allez, pensa Modard, les serpents, tiens donc.

— J'y avais songé, poursuivit le dresseur. Une flûte, c'est facile à fabriquer. Un jour, près du soupirail, j'ai trouvé un vieux stylo. Vide, jeté comme on fait toujours quand on a quelque chose d'urgent à noter et que le stylo justement choisit ce moment précis pour ne pas écrire. On frotte, on frotte sur la feuille ou sur n'importe quoi. On a vraiment besoin de l'écrire ce truc, pour ne pas l'oublier ou pour le passer à quelqu'un, sinon c'est sûr, elle va oublier et elle ne vous rappellera pas, mais non, rien. Et voilà, encore une occasion ratée, saloperie de stylo. Jeté près du soupirail. Deux ou trois trous. Au début, pffuit, du vent, mais si on s'applique et qu'on recommence, on finit par faire des sons, pas bien beaux d'abord, et un jour il vient un air. Eh bien je vous le répète, j'avais beau en jouer, les rats, ça ne les intéressait pas du tout, cette flûte. Ils sont venus un peu au début, quand je jouais dans le noir, ça les changeait du clapotis, mais ils ne restaient pas. Je les entendais repartir le long des tuyaux en traînant la queue. Un rat qui traîne la queue, c'est un rat déçu, un rat qui n'a pas trouvé ce qu'il était venu chercher. Non, je vous le répète, eux, c'est la guimbarde.

Ainsi le dresseur mit-il à ce chapitre un point final.

CHAPITRE TRENTE

— Alors, on le goûte ?

Urbain reprit sa tartine et tendit l'autre à Modard.

— Vous allez m'en dire des nouvelles, promit Monpro…

Se félicitant secrètement de ne pas porter de cravate, Modard prit la tartine au creux de sa paume, la passa à l'intérieur du col ouvert de sa chemise et se la fit glisser jusque sur la peau du ventre. Retenue par la boucle de la ceinture, la tartine acheva sa descente sous le nombril de Modard. Exécutée de main de maître, la manœuvre échappa à Monpro… tout à la capture d'un autre cornichon.

— Alors ? demanda celui-ci en se retournant.

— Très bon, mentit Modard en boutonnant sa veste. Et fin.

— Je savais que ça vous plairait, dit Monpro…

— Excellent, renchérit Urbain, très fin.

— C'est ce qui compte, dit Monpro…, que tout le monde soit content. Tenez, versez-nous donc un verre. Vous vous connaissez depuis longtemps ?

La fouine se faufilait plus avant dans la ménagerie.

— Monsieur Modard, dit Urbain, est venu avec une proposition.

Qu'est-ce que ça peut bien lui foutre, à celui-là ? D'où sort-il, d'abord ? Et pourquoi l'autre a-t-il besoin de lui répondre ?

Mais Urbain à présent devait en dire plus :

— Un numéro d'acrobatie avec les rats. Vous imaginez ? Original, non ? Du jamais vu, du sensationnel.

Derrière ses yeux-de-guêpe, Monpro... eut l'air de réfléchir un instant.

— Ce qui est sensationnel, c'est une idée aussi con, déclara-t-il. Des rats et des hommes, je vous demande un peu. Les rats, tout le monde trouve ça dégueulasse. Les hommes... ça dépend. Votre petit numéro à vous, sur la planche, passe encore, mais avec un acrobate, je vous demande un peu. Vous feriez mieux de vous contenter de ce que vous avez. Ça ne suffit donc pas que je vous laisse habiter dans ma maison avec vos bestioles plein la cave.

Modard y voyait plus clair à présent. Urbain s'aplatissait devant l'autre sous peine de se retrouver à nouveau dans la rue ou dans une cave, comme au temps des vaches maigres ou des gras rats.

Monpro... s'était tourné vers lui :

— Elle est de vous, cette idée ?

— Il faut encore que je la creuse.

— C'est ça, creusez, ricana-t-il, et quand vous serez assez profond, enterrez-la. Non mais franchement...

Monpro... semblait avoir épuisé le sujet. Il se tourna vers la porte de la chambre :

— Belette, appela-t-il, tu viens trinquer avec nous ?

Qu'est-ce qu'il lui veut à cette petite, se demanda Modard, pas loin d'adjoindre un cochon à la ménagerie. Nul bruit ne leur parvint de la chambre.

— Elle a quelque chose, Belette ? demanda soupçonneux Monpro...

— Pas que je sache, dit Urbain, pourquoi ?

— Moi, dit Monpro... en fixant la porte de la chambre, si j'avais une fille de cet âge-là, croyez-moi, je saurais... Oui, répéta-t-il, je saurais... Tout le temps, je saurais... Bon, j'ai à faire. Finissez sans moi.

— Vous nous quittez déjà ? demanda Urbain… On va le finir, oui, à votre santé.

— Régalez-vous, dit Monpro. Et, ajouta-t-il avec un geste vers la porte de la chambre, débrouillez-vous pour qu'elle y goûte aussi, c'est fortifiant.

Il se tourna vers Modard.

— Et vous, vous n'avez rien à faire ?

Jusque-là, Modard avait connu deux sortes de voisinage, le bon et le mauvais. Le bon, on s'invite à l'apéro, on rigole, on parle politique, on s'aide le dimanche après-midi pour bricoler la bagnole. Le mauvais, on ne se parle pas, on s'ignore derrière les troènes, on tond la pelouse pendant qu'à côté ils déjeunent sur la terrasse. Celui-ci, il ne l'avait encore jamais rencontré. Qu'est-ce que ça pouvait bien lui foutre à ce type, ce que Modard allait faire ?

— Je vais y aller, dit Modard en s'adressant ostensiblement au dresseur. Vous aussi, vous devez avoir à faire.

— Je vous raccompagne, répondit Urbain tandis que Monpro… reprenait le chemin du hangar.

CHAPITRE TRENTE ET UN

Modard suivit le dresseur sur le perron.

— Vous avez encore un peu de temps ? J'ai à faire à la cave, vous m'accompagnez ? proposa Urbain.

Du temps, depuis l'accident, Modard en avait. Des rares possessions qu'il lui restait, c'était sa préférée.

Urbain souleva le couvercle de tôle qui recouvrait le petit escalier et les deux hommes s'y engagèrent. En bas, la lumière était allumée. Belette s'approcha d'eux, un arrosoir à la main. Modard fit observer qu'il ne l'avait pas vue sortir de la maison. La porte de sa chambre ne s'était pas rouverte une seule fois pendant qu'il était en haut avec les deux autres.

— Ça vous étonne, hein, s'amusa le dresseur. Elle était dans sa chambre, et à présent la voilà dans la cave. Comment a-t-elle bien pu faire ? Mystère…

Urbain semblait soudain jovial. Difficile de croire qu'une minute plus tôt, avec Monpro…

— Pas sorcier, expliqua-t-il, mais surtout ne le répétez pas.

— Ce n'est pas moi, dit Modard, qui irais raconter quoi que ce soit.

À qui, d'ailleurs ?

— Bon, alors dis-lui, proposa le dresseur à sa fille.

— C'est une échelle qu'il y a, expliqua Belette, dans ma chambre, sous le parquet. Qu'elle donne directement ici, l'échelle.

Elle accompagna cette révélation d'un petit rire complice. Un rire complice appréciant la compagnie, Modard et son père rirent avec elle.

— Venez, dit le dresseur, on va dire bonjour.

— Je suis à les abreuver, dit Belette. Avec cette chaleur, ils doivent avoir drôlement soif, les pauvres.

— Les pauvres, les pauvres, tu exagères, dit son père. Il y en a beaucoup qui n'ont pas la vie aussi belle, crois-moi. Et je ne parle pas que des rats.

Modard s'approcha de la grande cage. Une cinquantaine de rats se regroupèrent près de grillage et s'assirent en silence. Pas de doute, songea Modard, ils attendent qu'il leur parle. Si on m'avait dit ça hier... Tandis qu'Urbain se tenait en retrait, Belette s'approcha des rats.

Ça aussi, j'aurais dû m'en douter, songea-t-il encore.

CHAPITRE TRENTE-DEUX

Belette se pencha au-dessus de la cage. Le dresseur était passé derrière Modard.

— Regardez leurs moustaches. Quand ils les agitent comme ça, c'est bon signe. Ils sont contents. Elle leur dit qu'elle apporte de l'eau fraîche. Ils adorent Belette. Tous les rats l'adorent. Elle a appris la langue très jeune. Pour les nourrir et le reste, c'est elle qui s'occupe d'eux ici. Moi, c'est seulement le dressage. Belette, eux et moi, c'est une…

— Famille ?

— Une équipe. Soudée.

— Ça a l'air de bien marcher, dit Modard.

— Oh, pour ça oui. Si seulement…

Le dresseur s'interrompit.

— Il nous emmerde celui-là à la fin, s'exclama Belette.

— Lequel ? demanda son père.

Ça ne lui ressemblait pas, à Belette, de s'emporter contre un des rats, et il ne pouvait quand même pas s'agir de lui. De Modard non plus, il n'y avait aucune raison. Sans compter que quand on a, comme elle, le Peter Pan, on est bien disposé envers le monde. Imprégnée depuis son plus jeune âge de la langue des marchés et rétive à tout apprentissage de la conjugaison, Belette n'employait que la première et la troisième personne du singulier.

À une exception près.

Son père, avec le temps, s'était accoutumé à cette fantaisie langagière, même si, au risque de provoquer un malentendu ou pire, l'équivoque rôdait souvent au coin de la syntaxe de Belette.

— Monpro... J'en ai assez de lui. C'est tout le temps de plus en plus comme on voudrait pas.

— Qu'est-ce qu'on ne voudrait pas ? interrogea Modard

— Tout ça, dit Belette. Comment il parle à Papa. Il a entendu ? Et cette façon qu'il a de faire comme s'il savait des choses terribles. Et d'abord, qu'est-ce que ça serait ces choses, hein ? Comme quoi qu'il faudrait lui obéir à celui-là. Avant, quand Félie elle était là, on était bien tranquilles. Il était pas tout le temps à fouiner partout derrière ses lunettes qu'on sait même pas si il en a, des yeux.

— Félie, expliqua le dresseur, l'amie de ma tante. C'est elle qui a élevé la petite, je vous ai raconté.

— Elle s'est bien occupée quand j'étais petite, oui, et après aussi, même si Papa trouve que pour parler, elle m'a pas bien appris... L'autre, quand Papa a voulu revenir avec le couffin où que j'étais, il avait déjà manigancé la maison. Voilà ce qu'il a fait. Et maintenant il dit que ça serait pas difficile que Papa et moi on se retrouve dehors. Qu'il pourrait reprendre la maison quand il voudrait. Et Papa il dit mais qu'est-ce ce qu'on ferait sans maison ? Où qu'on irait, qu'il dit. Moi, ce que je veux savoir, c'est où qu'elle est. Je lui ai demandé à lui, des fois, quand il vient ici avec ses yeux-de-guêpe et son odeur. Mais il répond pas, il fait qu'à me regarder, et après, il retourne là-bas en riant comme un qui est méchant.

— Peut-être qu'il n'en sait rien, remarqua Urbain. Et puis, tu as les cartes, non ?

— Et voilà, fit Belette en regardant Modard. Il l'entend ? Mais qu'est-ce qu'il a à toujours lui chercher des excuses ? Les cartes, elles me disent pas où qu'elle est. Ni pourquoi qu'elle est partie. Et surtout aussi vite. Et son odeur, hein, on la sent, non, son odeur d'on sait pas quoi. Ou plutôt si, de hangar. Son odeur, de hangar qu'elle est, voilà. Ça non plus, il va dire qu'il a pas remarqué.

— L'odeur, peut-être, je ne dis pas. Mais Belette, je ne lui cherche pas d'excuses, simplement…

Elle a raison, la petite, pensa Modard, cette odeur on ne peut pas la rater. Tout à l'heure aussi, en haut, son père s'était efforcé d'arrondir tous les angles que sa fille essayait de lui enfoncer dans le cuir du tablier, à Monpro… Fallait-il qu'il redoute de se retrouver à la rue.

— Pourquoi qu'il la tient cette maison, on le sait pas, insista Belette. Il lui a dit à lui, pourquoi ?

— Mais enfin, Belette, on ne demande pas des choses comme ça aux gens. C'est de l'indiscrétion.

— Ah, il voit bien, dit Belette, il est comme moi au fond. Il pense qu'il a à cacher dans son hangar. Quoi, qu'il cache, hein, à la fin ?

— Qu'est-ce que tu vas imaginer ? Je veux bien que tu aies raison quand tu dis qu'on ne sait pas grand-chose sur lui, mais là tu exagères.

— Où c'est qu'elle est Félie, où c'est qu'elle est en vrai ? Pas dans les cartes, déclara-t-elle en hochant la tête.

CHAPITRE TRENTE-TROIS

Le dresseur se tenait à présent de l'autre côté de la cage. À l'écart, tout seul au pied de la roue, le solitaire était allongé sur le dos.

— Ça alors, s'étonna Urbain, qu'est-ce qui lui arrive ?

— Qu'est-ce qu'il a ?

Suivie de Modard, Belette avait rejoint son père.

— Ah ben ça, le v'là sur le dos à présent. Il m'avait dit qu'ils faisaient jamais ça les rats, de se mettre sur le dos. Il me l'a dit, non ?

— Jamais, fit le dresseur. Et regarde ses pattes...

Par-dessus l'épaule de Belette, Modard reconnut le solitaire allongé dans la paille, sur le dos, et qui remuait ses pattes en cadence.

— Merde alors, fit Urbain, si c'est pas des abdominaux qu'il est en train de faire...

Cent soixante-dix-neuf. Cent quatre-vingt. Bon, je passe aux pompes...

— Et avec les pattes avant ? demanda Modard.

— Il se les muscle, répondit Urbain sans hésitation.

Dans la cave s'installa alors un bref silence propice à la recherche d'une commune conclusion qu'énonça le dresseur lorsque tous y furent rendus :

— Il s'entraîne.

Après quelques nouvelles séries de battements et de ciseaux, le rat se remit sur ses pattes et se dirigea vers l'abreuvoir.

Quand on pompe, faut boire.

Craintifs ou respectueux, les autres s'écartèrent pour le laisser passer. Il avala quelques longues gorgées d'eau, se secoua et retourna dans son coin, indifférent à son entourage.

— C'est quoi, là, sous la paille ? demanda Belette.

Du bout de son museau le rat s'était affairé à dégager un objet qu'à l'évidence il réservait à son usage exclusif. Un objet précieux et qu'on ne partage pas. Il s'assura d'un regard circulaire que personne ne s'approchait.

— Ma pierre ! s'exclama Urbain. Ma pierre d'affûtage, expliqua-t-il à Modard, celle que je cherchais tout à l'heure dans la cuisine.

— Lui il le savait où qu'elle était, dit Belette. Tiens, mais il voit à quoi qu'il s'en sert !

— Il l'a prise comment ?

Ben avec mes pattes, gros malin.

— Il a dû profiter que je l'avais monté avec moi, dit Belette. Quand je fais le ménage, j'en prends toujours deux ou trois. Ils me font des bouts de spectacles dans la cuisine. C'est de la distraction pendant le ménage, et puis, pour eux, une occasion pour répéter.

— Ah, dit son père, tu aurais dû me demander... Surtout lui... Il ne faut pas le quitter des yeux.

Ils se penchèrent tous les trois un peu plus près. Le rat besognait à s'aiguiser les incisives sur la pierre. Celles du haut d'abord, puis celles du bas. Il avait commencé par des frottements assez lents, mais bientôt le rythme s'accéléra.

— Oh, dit Belette, ça jette des étincelles !

— Sacrée brosse à dents, remarqua Modard, qui depuis un moment ne trouvait rien de bien malin à dire.

— Ça, déclara le dresseur, c'est des emmerdements qui commencent. Et des sérieux. Deux ou trois coups de ces incisives-là, et il vous cisaille un grillage plus vite qu'une pince-monseigneur.

On ne pouvait pas le laisser là. Urbain réfléchit un instant.

— Belette, essaie de lui parler, toi. Explique-lui qu'il faut qu'il déménage, qu'il a besoin d'air frais pour se fortifier. Fais-le passer dans la petite cage de transport et apporte-le moi là-haut dans la courette. Je monte, quelque chose à préparer.

Le dresseur quitta la cave après avoir éteint le néon.

— Il peut me passer la cage qu'est là-bas à côté de la malle ? demanda Belette.

Elle portait à présent sur le front une petite lampe à huile dont la flamme qu'elle venait d'allumer lui éclairait le visage.

Modard alla chercher l'objet dans la pénombre et revint vers Belette qui n'avait pas quitté des yeux le solitaire. Il fallait qu'elle accroche son regard pour pouvoir lui parler. Son visage était si concentré que Modard eut un instant l'impression que la flamme éclairait un masque de porcelaine. Belette ouvrit l'une des portes de la grande cage et y colla celle qu'avait apportée Modard. Le rat s'était assis et l'observait. Il savait parfaitement entrer dans la cage de transport lorsque c'était nécessaire, mais là, déménager ne présentait aucun intérêt. Cette petite salle d'entraînement improvisée contenait tout le nécessaire. Qu'on le laisse là, faire ses exercices.

Qu'on lui foute la paix.

Qu'est-ce qu'ils me veulent encore ? Je n'ai pas envie de bouger d'ici, moi.

Le pire qui peut vous arriver quand on est dresseur, ce sont les évasions. Les évasions, le cauchemar du dompteur de fauves, du charmeur de serpents, du montreur d'ours.

Une vache, une simple vache, docile, à l'œil doux, même pas cornue, ça n'a pas d'idées d'évasion, une vache. Pourtant, parfois, même si c'est rare, une barrière mal refermée, une coupure de courant dans la clôture, et la vache s'égare.

La voilà partie, machinale, mâcher le talus au bord de la route. De la route pleine de virages.

De virages dangereux.

Pas signalés comme il faudrait.

Eh bien, rare si elle ne s'y arrête pas en plein milieu, de cette route, comme pour s'orienter une seconde avant de décider où aller.

En plein milieu de virages dangereux pas signalés, où déboule trop vite une famille de vacanciers qui n'ont pas vu, un peu plus haut, le panneau masqué par une grosse branche.

Sans parler de celles qui s'égarent sur les voies ferrées.

Quand on est dresseur, et de bêtes autrement plus volatiles que des vaches, l'évasion, ça peut vous mener très loin au pays des emmerdements.

CHAPITRE TRENTE-QUATRE

Dans la courette, Urbain avait gratté l'intérieur des briques du vieux four à pain avec une brosse métallique. Il vissa sur l'ouverture la grille rouillée d'un radiateur de camion GMC récupérée du temps qu'entre pancartes et clous il brocantait un peu, et attendit l'arrivée de Belette et de sa charge.

— Il n'a pas fait d'histoires ?

Belette portait la cage dans une main et la roue dans l'autre.

— Je lui ai dit qu'un peu de grand air, ça lui ferait pas de mal. En plus de quoi qu'il aime la solitude, alors.

Avant de remonter, elle avait prié Modard de souffler la flamme sur son front.

— Tu as pris aussi la roue, bien pensé.

— Sans ça, il serait jamais venu.

Le rat inspecta le four des yeux, du museau puis des moustaches, passa sur la paille fraîche, avança sans hâte jusqu'à la gamelle de croquettes, renifla le petit abreuvoir et, roulant sur le dos, entama instantanément une nouvelle série de crunchs.

C'est vrai que ça ne va pas me faire de mal. Pour l'entraînement, rien ne vaut le grand air. Encore heureux qu'elle ait pensé à la roue. La petite, elle pense à tout.

— Je ne sais pas si je devrais le refaire travailler au marché, dit Urbain, après ce que m'a raconté le père Mistol.

Le regard de Modard effectua un aller vers le rat, emboîté d'un retour vers le dresseur.

— Sale histoire.

Tiens, toujours là, celui-là ?

Urbain, qui s'était mis à regarder ses fines chaussures de toile, leva la tête vers lui.

— Fallait que ça me tombe dessus, c'est vraiment pas de veine.

— Quoi ?

— Ben, dit-il, j'espérais que ça ne serait pas ça, mais…

— Mais quoi à la fin, s'impatienta Modard.

— Vous gardez ça pour vous, hein.

— Je dois déjà garder déjà l'échelle, dit Modard, je le mettrai avec.

— Bon, ce rat-là, remarquez que je m'en doutais un peu depuis quelque temps, surtout depuis l'histoire au marché.

— Qu'est-ce qu'il a, ce rat-là ?

— Eh bien, il se pourrait bien que ce soit un vengeur. Vous m'entendez, répéta lentement le dresseur, un vengeur. Et ceux-là…

— Eh bien ?

— Ceux-là, on ne peut pas les arrêter.

— Il en est sûr ? demanda Belette qui n'avait rien perdu de l'échange.

— Crois-moi, je voudrais bien me tromper.

Urbain sembla soudain très affligé.

CHAPITRE TRENTE-CINQ

— Qu'est-ce que ça a de si terrible? demanda Modard, après tout c'est un rat. Celui-ci est peut-être un peu plus malin que la moyenne, mais il n'y a pas de quoi vous mettre dans des états.

Un peu plus malin que la moyenne, non mais il s'est regardé, lui, pour voir s'il y était dans la moyenne.

— Plus malin, dit Urbain, ça ne serait pas grave, au contraire. Mais un vengeur… Il a, comment dire… une mission, un devoir à remplir si vous voulez. C'est même pour ça qu'il est venu au monde.

— Comme la reine des abeilles? demanda Belette.

— Une mission?

Là, c'était Modard.

— Venger les rats que les chats bouffent depuis qu'ils existent. Et les souris aussi, et les mulots, et même les cochons d'Inde, tous. Tout ce qui ronge et que les chats bouffent. Des montagnes de cadavres, depuis le temps. Eh bien, un jour, chez les chats aussi, il faut passer à la caisse. Les vengeurs sont là pour faire payer aux chats ce qu'ils font aux rats. C'est la nature. On n'y peut rien, nous autres. Et ça ne date pas d'hier. Même les pharaons ont essayé, voyez-vous.

Modard ne voyait pas très bien.

— Vous ne pouvez pas imaginer les fortunes que ces gens-là ont dépensées, les stratagèmes qui ont été inventés à l'époque. Rien à faire.

C'est vrai, songea Modard, les pharaons n'avaient pourtant pas dû lésiner sur les moyens.

— À la fin, ils s'étaient résolus à les ignorer, à faire semblant de ne pas les voir. Vous pouvez chercher, pas le moindre rat sur un sarcophage, encore moins sur un obélisque.

— Ce ne sont pas les bêtes qui manquent là-dessus pourtant, reconnut Modard.

— Et ça n'a jamais cessé. Toutes les trente ou quarante générations, un vengeur.

— Trente ou quarante?

— Immanquablement. Et une génération de rats, ça passe vite. Tout ce que l'Antiquité a trouvé comme consolation, c'est un dicton  : parfaitement, *à bon chat bon rat*, mais ça ne vous mène pas très loin. Surtout que le chat est peut-être bon, mais le rat sera toujours meilleur, ça ne fait pas l'ombre d'un doute. Même le rat commun, alors un vengeur… Un vengeur, il s'entraîne, il se prépare, longtemps et, l'heure venue, il passe à l'action. Ces histoires-là, ça nous dépasse. Le vengeur, je vais vous dire, il est… inexorable.

Comme le destin.

Laissant à Modard le soin de conclure, Urbain se retourna vers le four.

Non mais alors celle-là, c'est la meilleure. Elle bat les autres dans les grandes largeurs. Qu'est-ce qui lui prend, à Urbain, d'aller raconter des salades pareilles. Des pharaons, des sarcophages… Il a mangé quelque chose? Tiens, je préfère encore piquer un petit roupillon.

— Bon, mais qu'est-ce que je vais faire, moi, maintenant? dit Urbain. Comme si l'autre dans son hangar ne suffisait pas. Et si jamais Bourfre a vent de la chose, il ne va plus se gêner pour alerter le ban et l'arrière-ban et réclamer les grands moyens. Je l'entends d'ici ameuter les ligues de défense des marchands de chats. Il n'aura pas de mal à les convaincre, croyez-moi. Eux non plus, dans leur genre, on ne pourra pas les arrêter. Un lynchage de rat, vous voyez ça d'ici.

Il regarda à son tour dans le four la boule de poils silencieuse.

— Vaudrait peut-être mieux, dit-il en baissant la voix, pour pouvoir continuer à travailler avec les autres au marché, pendant qu'il dort…

— Qu'est-ce qu'y dit, s'insurgea Belette, ça va pas, non? C'est qui le clou du spectacle? Il en a jamais eu un autre comme celui-ci sur la planche. Le triple salto arrière enchaîné double vrille inversée avec amorti du museau et rétablissement arrêté, c'est qui qui le fait? C'est qui qui rapporte? C'est lui ou c'est les autres? Et que les gens ils le redemandent. Et qui z'applaudissent, faudrait pas l'oublier, ça non plus.

— Oui, mais c'était avant, avant que sa vraie nature ne prenne le dessus. Maintenant, rien ne dit qu'il le refera, le numéro. Maintenant qu'il est devenu… Si jamais il se sauvait à nouveau, tu imagines la catastrophe. Ce n'est plus seulement à Bourfre que j'aurais affaire. Je risquerais d'être interdit de marché pour de bon. Et pas que de celui-là, de tous, partout. Empêché de travailler, Belette.

— Eh ben moi, je dis qu'y a qu'à bien le surveiller. On le sort que pour le clou. Après il retourne dans sa cage, clic-clac, et on le ramène à la maison.

— Si ça peut vous aider, intervint Modard, je veux bien vous accompagner pour le surveiller. De toute façon, on est appelés à se voir beaucoup si on doit travailler ensemble.

Travailler ensemble, lui et moi ? C'est quoi encore cette histoire ? Faudrait peut-être voir à me mettre au courant, des fois.

Urbain profita du silence qui suivit pour examiner cette proposition inattendue.

— C'est qu'il est matois, dit Urbain. Vous croyez que vous sauriez ? Belette, tu crois qu'il saurait ?

— Comme ça non, il saurait pas. Mais on pourrait lui apprendre. Après, ça se peut qu'il peut.

— Pourrait, puisse, dit machinalement le dresseur, même si la syntaxe de sa fille le laissait, en la circonstance, presque indifférent.

Modard éprouva une passagère blessure d'amour-propre, presque rien, mais tout de même... Pour qui me prend-elle, cette gamine ? Garder l'œil sur un rat en cage, ce n'est tout de même pas sorcier. Ce n'est qu'un début, le temps d'apprendre à se connaître un peu, et ensuite, lui et moi, au boulot.

Affichée sur son visage, cette pensée n'échappa à personne.

— Il le voit ? demanda Belette. S'il regarde dans ce four qu'est juste-là, il le voit ?

Modard examina l'intérieur du four. Vide.

Rien dans la paille, rien dans la roue que le dresseur avait réinstallée. Nouvel examen.

Rien.

— Il le voit ou il le voit pas ? insista Belette.

Il le voyait pas.

L'intérieur du four n'était pourtant pas spacieux. Nul recoin où se dissimuler.

— Il le voit pas, affirma Belette. Pour le voir, il faut qu'il plie les genoux, qu'il se baisse. Non, encore plus bas. Et qu'il regarde par en-dessous.

Modard s'exécuta. Sous la voûte du four, il découvrit le rat agrippé du bout des griffes, le ventre collé à une brique noircie.

— Et là, il le voit, là ?

Eh ben, ça promet. C'était pourtant pas difficile à trouver, je voulais juste voir de quoi il était capable, mais là, à se demander ce qu'il a dans les yeux.

— On ne peut pas vous demander ça, intervint Urbain. Et puis, vous avez sûrement autre chose à faire.

— Autre chose ?

Modard réfléchit. Il n'allait tout de même pas baisser les bras si vite devant un rongeur espiègle.

— Non, dit-il. Autre chose, non.

— Alors ça se peut qu'il peut, dit Belette, mais va falloir apprendre.

— C'est que c'est compliqué, dit le dresseur. Surveiller, oui, mais avec celui-ci, il va falloir surveiller sans avoir l'air de surveiller, sans ça, il ne bougera pas.

— C'est bien ce que vous voulez, non, qu'il ne bouge pas.

— Pour faire son numéro, il faut qu'il bouge. Juste pour ça. Après, j'attrape l'épuisette et hop dans la cage, directement.

Modard ne comprit pas plus le geste du dresseur cette fois-ci que le matin dans la camionnette.

— Je vais en tresser une spécialement pour lui, avec du fil de fer galvanisé. Du renforcé.

Le tressage du fil de fer galvanisé n'avait pas de secret pour Urbain. Il avait appris en regardant autrefois sa tante et Félie occupées à leur ouvrage de crochet.

— Il veut que j'aille en acheter ? offrit Belette, qui aimait beaucoup aller faire les commissions.

— Laisse, j'irai tout à l'heure.

— Pour l'entraînement, proposa Modard, je peux m'y mettre tout de suite.

— Tu pourrais lui montrer maintenant ? demanda Urbain à sa fille.

— Ben oui. On va aller chercher des chaises à la cuisine.

— Dans, dit son père.

CHAPITRE TRENTE-SIX

On peut dire les deux, songeait Modard en suivant Belette.

Ils revinrent prendre place devant le four. Cette fois Modard s'appliqua à repérer le rat.

Disparu.

Il se pencha jusqu'au bord de la chaise et scruta méticuleusement l'intérieur du four.

Rien.

— Alors ? demanda Belette.

— Je croyais qu'il dormait, dit Modard, il a réussi à se carapater pendant qu'on cherchait les chaises.

— Encore perdu, s'amusa Belette. Il y est, dedans. Même qu'il nous regarde. C'est juste qu'il le voit pas.

Décidément, songea-t-elle, pas bien malin, celui-là. Qu'est-ce qu'il a donc dans les yeux qu'il voit pas les petits bouts de griffes qui dépassent de la plaque à côté du C. Plaqué à la plaque, qu'il est. Planqué aplati derrière GMC. Le petit bout de museau rose qui pointe derrière le G, pas bien difficile à repérer, quand même. Et son œil, là, qui nous regarde à travers le trou de la vis qui manque.

— Il est bien caché, d'accord, mais y va falloir qu'y fasse mieux si y veut pas qu'on le voaille, parce que moi, conclut-elle à l'adresse de Modard et aussi à celle du rat, je l'vois.

Je le sais bien que tu me vois.

— C'est du travail d'apprendre à surveiller les rats, fit Modard, je ne me doutais pas.

— Les gens, y croivent que ça se fait tout seul, alors forcément. Faut dire, celui-là, il est spécial.

Le rat s'était laissé retomber dans la paille.

— Y sont pas tous comme lui. En général si on s'y prend bien, ils font comme on leur dit, et on peut leur montrer des numéros. C'est ça que mon père y fait, ajouta-t-elle gentiment. Bon, alors il a toujours envie d'apprendre ?

— Toujours, fit Modard. J'espère que je saurai bientôt, pour pouvoir passer à la suite.

— Ce qui compte, dit Belette, c'est d'être malin. Lui, il va encore plus vite dans sa tête que sur ses pattes.

— Oui, dit Modard, on dirait qu'il calcule.

— Il croit qu'il sait compter ?

— Je veux dire qu'il calcule les prochains coups, comme aux échecs, vous voyez ? Vous jouez aux échecs, Belette ?

— Non, dit Belette. Moi, à quoi j'aime jouer, c'est aux puces. On peut en faire une partie si il veut.

— Une autre fois, dit Modard. Il faut que je me concentre. Tiens, où est-il encore ? Non, ne dites rien, je vais le trouver tout seul.

Modard examina la paille, regarda à nouveau sous la voûte du four, dans les profondeurs encore noircies par les flammes qui avaient cuit le pain autrefois. Où est-il ? Où est-il ?

Où que je suis ?

Ça commençait vraiment à l'agacer, Modard, ce rat qui disparaissait tout le temps dans un four à pain comme un chat anglais dans un arbre. Et sans laisser ses dents derrière lui. Cette fois, Modard était résolu à ne pas se résoudre. Il prit son mouchoir et essuya ses yeux qui commençaient à le piquer. À côté de lui sur sa chaise, Belette se balançait.

— Je l'ai ! Je l'ai, là, ça y est ! s'écria-t-il soudain.

— Ah, où qu'il est alors ? demanda Belette.

Difficile de savoir si elle disait ça pour lui faire plaisir, à cause de son Peter Pan, ou si elle n'avait pas découvert la cachette du rat.

— Les croquettes, cria presque Modard, il est dans les croquettes, roulé en boule au milieu.

— Bravo ! s'écria Belette réjouie. Il y arrive, à le trouver. Ça y est !

Ah tout de même. Il s'améliore, pas facile, les croquettes. Allez, assez joué, je vais travailler un peu ma vitesse maintenant.

Beau joueur, le rat se déroula sans hâte pour aller reprendre sa place dans la paille. Cette partie de cache-cache avec Modard et Belette n'était pas pour lui déplaire, après tout. Il alla boire quelques gorgées d'eau et sauta à l'intérieur de la roue.

— Bon, dit Belette, faut le laisser maintenant. Il veut reprendre l'entraînement. Il va venir avec moi. J'ai quelque chose que je veux lui faire voir.

Belette avait fait glisser l'*il* du rat vers Modard qui fut sensible à ce tour de passe-passe syntaxique.

Il la suivit dans la maison. Mais enfin quel âge avait-elle, Belette ? Une petite fille, ça n'a pas treize ou quatorze ans, et une jeune fille, ça n'en a pas dix…

Et Peter Pan, quel âge ?

— Il a qu'à s'asseoir, je reviens.

Modard s'assit.

CHAPITRE TRENTE-SEPT

Belette revint.

Elle portait une boîte à biscuits en fer blanc dont elle ôta le couvercle qu'elle posa sur la table.

— D'abord, dit-elle, je vais aller mettre ce machin à la poubelle.

Ainsi, songea Modard, voilà ce que c'était... du machin.

— À moins qu'il en veut? plaisanta-t-elle. Parce que moi, je le jette.

Elle fit disparaître le machin de Monpro... dans la poubelle, comme jadis dans les oubliettes on le faisait d'un vassal tombé en disgrâce.

Allez hop. Au fond.

La boîte en fer-blanc contenait quelques cartes postales. Belette s'essuya soigneusement les mains à un torchon pendu par un clou au-dessus de l'évier et en saisit une dans la boîte.

— Attention, prévint-elle, faut pas les mélanger, c'est moi qui les a mis dans l'ordre. Tiens, la première, elle est belle, hein? dit-elle, pas peu fière de montrer à Modard la photo d'une bigoudène en costume de velours noir brodé d'or. Et ces dentelles, il a vu? Félie, c'est ça qu'elle fait, des dentelles, au crochet. Comme les rideaux, là, c'est elle qui les a faits.

Le crochet, s'interrogea silencieux Modard, ce n'était pas la tante? Ou le capitaine?

Pensive, Belette posa soigneusement la carte postale à plat sur le formica jaune. Elle sortit de la boîte une deuxième carte, qu'elle posa à côté de la première. Un ciel d'un bleu discrètement retouché servait de fond au toit d'un chalutier rouge où des mouettes monopattes se lissaient les plumes dans la brise matinale.

— Beau bateau, remarqua Modard.

— C'est pas pour les photos, dit Belette, il les retourne maintenant.

— Qui vous les a envoyées, une amie? demanda Modard en voyant les lignes de grosse écriture se courir en désordre les unes derrière les autres au dos des cartes.

— C'est Félie. Toutes les cartes, c'est Félie qui me les a écrit.

— Félie? demanda Modard, vous correspondez? Vous échangez du courrier avec elle?

— Félie, insista Belette, il le sait qui c'est. Félie qui m'a élevée. Quand mon père m'a ramenée. Quand c'est que j'étais toute petite.

— Ah, dit Modard, je comprends, elle s'est retirée en province, et vous continuez à vous écrire. C'est vraiment gentil.

Belette hocha la tête. Il était bien gentil aussi, celui-là.

— Je viens de lui dire qu'il faut les lire, dit-elle. Y en a pas beaucoup, ça prendra pas longtemps, des cartes, c'est pas des lettres, on en met pas beaucoup dessus derrière.

Retournant alors la bigoudène, Modard apprit que le voyage s'était bien passé et qu'à l'arrivée, le bau ten était au rendévou. Il retourna ensuite le chalutier :

« J'ai fai le grand ménage y en avait bezoin. »

Il restait trois cartes. Un joueur de biniou annonçait une météo maussade, mais sa se lèverait sûrement. Toujour come sa par ici.

Le chalut à larges mailles plein de sardines parlait lui aussi de ménage et d'un névier bouché. La quatrième et la cinquième, respectivement ornées d'une hermine et d'un bol inscrit au prénom de Paulette, mentionnaient pour l'une la visite au grand calvère cet après-midi et pour l'autre l'achat d'un tablier de coton et la prise d'une décision : je vais resté ici. T'aura qu'à venir me voir un jour.

Toutes les cartes embrassaient bien leur chère petite Paulette et son papa Urbain.

— Je les remets dans la boîte ? demanda Modard sa lecture achevée.

— Où qu'elle est Félie ? répondit Belette.

— Eh bien, fit Modard, en Bretagne, ça se voit.

— Qu'est-ce qu'il voit ?

— Les cartes, pardi.

— De quel côté ?

— Les photos, Morbihan ? Finistère ?

Incrédule, Belette haussa sans répondre une paire d'épaules très déçues.

— Mais enfin, fit Modard, ce sont des photos de Bretagne, non ?

— D'un côté. Que d'un de côté ? Et de l'autre de côté, y a quoi ?

— Des fautes ! se retint de dire Modard agacé. Des nouvelles, dit-il.

— Mais Félie, où qu'elle est ? demanda doucement la petite grande jeune fille, d'un ton où se mêlaient tristesse et lassitude.

CHAPITRE TRENTE-HUIT

Belette aurait pu se dispenser de l'entraîner dans la cuisine. Ce petit jeu de devinettes ne présentait aucun intérêt, pas plus que les cartes postales. Modard était maintenant impatient de retourner dans la courette. Plus vite il saurait repérer le rat, plus tôt on commencerait l'apprentissage de l'acrobatie à deux.

Belette souleva l'invisible couvercle qui avait étouffé d'un pesant silence, heureusement passager, leur désaccord.

— Non.

— Quoi non ?

— Non, dit Belette, des nouvelles, c'en est pas.

— Comment ça ? Le ménage, le mauvais temps qui ne va pas durer, le calvaire, le tablier de coton. D'accord, ce n'est pas palpitant, mais ça raconte tout de même ce qu'elle fait, Félie.

— Non, répéta Belette. Rien du tout ça raconte, rien.

Modard ne l'avait pas vue si défaite jusque-là.

— Qu'est-ce qui vous inquiète ? demanda-t-il.

— Les cartes, dit Belette, si ça se trouve c'est pas elle qui les a écrit.

— Qui alors ?

— Quelqu'un d'autre.

— Qu'est-ce qui vous fait dire ça ? demanda Modard. Les fautes d'orthographe ?

— Quelles fautes ? La météo, c'est elle qui m'inquiète. Félie, elle en parle jamais du temps qu'il fait. Le temps, ça l'intéresse pas, c'est pour les vieux, sur le buffet, pas pour elle.

— Ça ne prouve rien, objecta Modard, le temps en Bretagne, on est obligé de le voir, même si on n'a pas envie. Et ce n'est pas rare qu'on en dise deux mots, comme ça en passant.

— Félie, elle mettait jamais de tablier. Elle les déteste les tabliers, Félie, ça lui rappelait quand elle était petite, bonniche, elle appelait ça, d'être petite.

— Alors, on discute? demanda Urbain en posant par terre un rouleau de fil de fer. C'est du beau ça, vous pouvez me croire. Du galvanisé exactement comme je cherchais, pas de la camelote. Chez Moinet, on est sûr de trouver ce qu'on cherche. Des marchands de couleurs comme lui, on ne tombe pas dessus à tous les coins de rue, pas vrai Belette? Et toujours un mot aimable pour tout le monde, Moinet.

Le fil de fer avait mis le dresseur de belle humeur, ça et un bout de conversation avec Moinet. Parler un peu avec Moinet, de tout et de rien sans être forcé de choisir entre les deux, c'était comme prendre une grande goulée d'air frais, on la laissait entrer sans y penser et elle vous dégageait d'un coup les tuyaux des bronches et de la tête. Tous ses clients le disaient, Moinet il vous accrochait du beau aux murs de la vie.

Encadrée de bleu au-dessus du comptoir, sa réclame accueillait les clients comme un petit refrain facile à retenir. Moinet avait offert à Belette une belle boîte de crayons en lui confiant le soin de colorier l'écriteau.

— On trouve tout chez Moinet, sauf des martinets, récita la petite, les yeux soudain embués de ravissement.

— Tiens, remarqua Urbain, t'as sorti tes cartes?

Il se tourna vers Modard.

— Ne faites pas attention à ce qu'elle raconte avec ses cartes, dit-il. Je ne sais pas ce qui lui a mis ça en tête… Je t'ai pourtant dit de ne pas t'inquiéter. Elle est en Bretagne, Félie, cesse donc d'embêter le monde avec tes idées.

— Elle ne m'embête pas, dit Modard. On parlait, juste, et comme vous dites, il n'y a pas de quoi s'en faire.

— Ah, tu entends, Belette. Sois raisonnable, à la fin.

Sans répondre Belette replaça les cartes dans la boîte, referma le couvercle et, boudeuse, retourna dans sa chambre.

— Ça va faire deux ans qu'elle est partie, Félie, expliqua le dresseur. La petite a dû vous dire que c'était elle qui l'avait élevée ?

— Elle me l'a dit, oui, dit Modard.

— Maintenant qu'elle n'est plus là, ça lui fait un vide. Elles passaient presque tout leur temps ensemble.

Urbain marqua une pause :

— Faut admettre que Félie nous a quittés un peu vite.

— Ah ?

— Du jour au lendemain comme qui dirait. Sans prévenir. Alors vous comprenez, pour Belette qui était tellement habituée à elle, ça a été dur. Elle en avait bien parlé de repartir en Bretagne, Félie, mais plus tard. Depuis qu'il était arrivé lui, à côté, ça la démangeait. Mais qu'est-ce qu'elle y pouvait ? Rien. Quand la tante est morte, il n'y avait pas de papiers, pas de preuves chez les notaires. Pour la remise non plus.

— La remise ?

— Le hangar. C'est lui qui l'a agrandi, il a posé des parpaings par-dessus. Félie a bien tenté de l'empêcher, mais sans papiers… « On y est à notre place dans cette maison », elle n'en démordait pas. « Dans le hangar aussi. » Pourtant, à la longue, elle avait l'air d'en avoir pris son parti. Et puis soudain... Partie... Depuis, Belette, j'ai beau essayer de la raisonner, rien à faire...

— Alors maintenant, la maison? À Monpro...?

— Monpro...? Ah, oui... Monpro...

— Drôle de nom, non? remarqua Modard.

— Nom?

— Et quel âge a-t-elle, Félie?

— Celui de ma tante, j'imagine, dit le dresseur, mais l'âge des gens, entre nous... Ce qui la chiffonne, Belette, c'est que personne ne l'a vue partir. Moi aussi, notez. Un matin, sans prévenir, sans dire au revoir. Pour moi, elle a dû penser que sans adieux, ça ferait moins de peine à Belette. Je t'en fiche, la petite a pleuré pendant deux jours sans s'arrêter. Un chagrin à remplir des baquets. J'étais obligé de la faire boire tout le temps et de lui passer une éponge sur la figure pour l'empêcher de se déshydrater par les yeux. Depuis, elle soupçonne Monpro... Je ne sais pas de quoi. Elle ne peut pas le souffrir.

— Faut dire qu'il n'est pas bien engageant, observa Modard.

— Sans lui, on serait à la rue, Belette et moi. On irait où avec les rats, dites un peu?

Ça, songea Modard, pas facile à caser, ce petit monde.

— Bon, conclut Urbain en ramassant le rouleau de fil de fer, je descends. Je vais aller tresser la cage. Il va falloir drôlement serrer les mailles pour ce coco-là. Allez, je vous laisse. Ne vous en faites pas, elle ne boude jamais bien longtemps. Vous retournez vous entraîner?

— J'y retourne, dit Modard en se levant.

CHAPITRE TRENTE-NEUF

Urbain sortit emportant son rouleau de fil de fer autour d'un bras. De nouveau seul dans la cuisine, Modard se resservit une rasade, reboucha la bouteille, et leva son verre à l'adresse du bonhomme beau temps sur le vaisselier. En voilà un au moins qui ne se compliquait pas la vie. Il fait beau je sors, le mauvais temps, je rentre et je laisse bonne femme s'en occuper.

— C'est pas que lui là-haut qui sait le temps, dit Belette qui avait observé Modard par la porte rouverte de sa chambre.

Elle posa sur la table un petit bocal, et Modard put voir la grenouille qu'elle avait rapportée des commissions, perchée au sommet d'une minuscule échelle.

— Il me l'avait dit Moinet qu'elle faisait la météo. En haut, il fait beau. C'est facile, non? De toute façon, avec Moinet c'est toujours facile. Il le connaît, Moinet?

— Non, avoua Modard.

Le temps qu'il n'avait jamais passé avec Moinet commençait presque à lui manquer. Il vida son verre.

— Et vous lui avez donné un nom?

— Moinet. Mais c'est pas moi, il l'avait déjà. Pourquoi?

— Non, pas à Moinet, à elle, dit Modard en montrant la grenouille.

— Moinet m'a dit que je l'appelle Jazz, parce qu'elle gonfle les joues. Comme ça, tiens, vous voyez?

— Ah oui, dit Modard, en effet. Il faudrait lui acheter une trompette, plaisanta-t-il.

— Une trompette, fit Belette, qu'est-ce qu'il raconte ? Une trompette ! Les grenouilles ça joue pas de trompette.

— Ah non ? Et alors pourquoi gonfle-t-elle les joues ?

— Parce que c'est comme ça, répondit Belette.

Il serait pas loin de l'agacer celui-là aussi des fois.

— Et l'autre, dans la cour, il se surveille tout seul ?

Modard reposa son verre.

— J'y allais justement. Vous venez ?

— J'la range et j'arrive, répondit Belette en remportant le bocal dans sa chambre.

Pas loin du four à pain, Modard avisa un homme dont le regard, au bord duquel on devinait un sourire affable toujours prêt à se dessiner, était posé sur le vieux vélo abandonné contre la grille. Un regard de connaisseur, un regard scrutateur, un regard oiseau, nullement de proie, qui ne se posait pas au hasard, juste où il fallait pour voir sans risquer de déranger ou d'abîmer.

Modard conjectura, s'autorisa, s'approcha.

— Monsieur Moinet ?

Moinet Jean, cinquante ans d'une existence depuis toujours sereine dont trente-cinq dans la droguerie. Moinet Jean, marchand de couleurs, de toutes les couleurs, avec un penchant appuyé pour celles qui font plaisir aux yeux, qui dansent dans les jardins, qui ne s'étalent pas sur des drapeaux. Moinet Jean, marchand d'étonnants arcs-en-ciel aux palettes déroulées par-dessus les balais-brosses et les cuvettes émaillées.

D'ailleurs, marchand de couleurs, c'est façon de parler. Les couleurs, ça ne se vend pas, affirme Moinet. La peinture, oui, mais la peinture, c'est différent, c'est de la chimie, comme l'eau de Javel ou le débouche-tuyaux.

Les couleurs, ça écrit la poésie.

— Vous le trouvez comment, vous, ce vélo ?

Ce vélo, Modard l'avait vaguement aperçu tout à l'heure en traversant la courette, et la question à présent posée le cueillait là bien en peine d'y répondre. Tout compte fait, il ne trouvait rien à lui trouver. Si Moinet avait choisi ce vélo comme entrée en matière, ça n'allait pas les mener bien loin.

— Je vais vous dire, moi, reprit Moinet, et Modard fut soulagé de s'apercevoir qu'il n'avait pas attendu de réponse ; ce vélo, il fait peine.

— C'est vrai qu'il a l'air abandonné.

— C'est un vélo qui n'a plus d'espoir, ça. Depuis le temps qu'il est là contre la grille, il a dû voir passer dans la rue tout ce qui pourrait l'emprunter. Il n'attend plus rien. Cette selle pelée, quelles fesses la chevaucheraient à cette heure ? Et ce pédalier tordu, ça ne donne guère envie d'aller y mouliner du jarret dans les cols.

Moinet eut un geste en direction de sommets imaginaires.

— Regardez-moi un peu ce guidon, poursuivit-il, tout écaillé, comme ces jantes, et les pneus, plats, asphyxiés, desséchés, de la mue de couleuvre. Tiens, et cette sonnette, le bec cloué de rouille. Elle croasse, tout au plus, et encore, tout bas, un corbeau sur son dernier gibet. Non, vraiment pas joli-joli tout ça. Ta grenouille, elle se plaît ?

Belette venait de les rejoindre.

— Il veut que je lui donne une trompette, dit Belette en désignant Modard.

— Ce n'est peut-être pas une mauvaise idée, dit Moinet.

— Tu crois ? fit Belette.

Ce tutoiement. Modard avait-il bien entendu, ou les événements de la matinée commençaient-ils à lui encotonner l'esprit ?

Comme beaucoup d'autres choses, l'expression de surprise sur son visage n'échappa pas à Moinet.

— C'est seulement avec moi, expliqua le droguiste. Vous, comme tout le monde, vous êtes il ou elle, selon le cas, il y a aussi ils ou elles, mais moi, je suis tu. Allez savoir pourquoi, je suis tu.

Modard obéit, sans toutefois s'empêcher de se demander si Moinet ignorait vraiment ce pourquoi.

— Et t'en as, toi, des trompettes ? demanda Belette.

— Des trompettes à grenouilles ? Peut-être, dit Moinet, faut voir. On regardera quand tu passeras.

— D'accord, fit Belette. Je viendrai avec Jazz, si tu en as une, on lui fera essayer. Là, il faut qu'il s'entraîne, ajouta-t-elle en désignant successivement de l'index Modard et le four à pain.

— Bon, je vous laisse, dit Moinet, j'ai de l'ouvrage. Travaillez bien. Au plaisir, monsieur…

— Modard, fit Modard, en ajoutant, sincère, que le plaisir était sien.

CHAPITRE QUARANTE

L'après-midi s'achevait quand Moinet se gara devant l'immeuble.

— Une bonne idée d'avoir installé les loges au rez-de-chaussée, dit-il en se déchargeant du radiateur, ça pèse, ce truc-là.

— Posez-le donc là, dit le concierge, à côté du vieux. Je vous aiderais bien, mais je peux pas, mes rhumatismes. C'était déjà à cause de ça qu'on l'avait çui-là, pour plus monter les boulets, mais il a fait son temps. Comme moi, tiens, ajouta le concierge en tirant sur sa pipe.

— Bah, vous n'imaginez pas tout ce qui se répare, dit Moinet, toujours prêt à remonter les moraux flapis. Des fois, il suffit de pas grand-chose pour que ça reparte. Mais, qu'est-ce qui sent comme ça ?

— C'est c'te vieille-là, répondit le concierge en ôtant de sa bouche une antique bouffarde à tube de corne. Ma femme se plaint tout le temps qu'elle pue. Mais là-dessus, j'ai jamais lâché. J'ai lâché sur beaucoup de choses, beaucoup. Sur ma pipe, jamais. Et pourquoi qu'elle m'interdirait pas de fumer à l'intérieur, pendant qu'elle y est, hein ? Qu'elle gueule tout ce qu'elle voudra, ma pipe, c'est ma pipe, nom de nom !

Le concierge ponctua cette déclaration de deux coups de charentaises bien sentis sur le parquet.

Moinet n'aurait pas imaginé que sa question soulèverait un tel nuage de poussière et de rancœur. Il puait, ce brûle-gueule, pour ça oui, il empuantissait la loge, mais ça ne justifierait jamais qu'on confisque à un homme sa pipe. Avec son tuyau jauni et le tour de son fourneau carbonisé, il avait tout du confident fidèle et discret.

Une pipe, en somme.

— Et vous la bourrez avec quoi ?

— Ma pipe ? Du gris et...

Le concierge secoua la tête dépité.

— Un mélange ? demanda Moinet.

— Si on veut, avoua l'autre d'un ton où la honte le disputait au dépit. J'y mets des bouts de carton, avoua le concierge du bout des lèvres, le tabac, c'est de la dépense. Je fais des petites lanières comme ça, avec l'emballage des colis pour les locataires, des petits bouts et je le mélange au gris. Ça fait des économies. Maintenant que je peux plus travailler, ma femme y regarde, à la dépense. Et de près. C'est elle, là, sur le mur, à notre mariage.

— Vous n'y ajoutez pas de poussière, au moins ?

— Ah, ça non ! protesta le concierge.

— Parce que, dit Moinet, pour les bronches il n'y a pas pire. Allez, faut pas vous en faire. Des femmes qui comptent il n'en manque guère, vous n'êtes pas le seul à en avoir une et à être marié avec.

Cette remarque tarabiscotée n'avait pour unique but que d'occuper le concierge à en démêler la syntaxe et lui offrir une occasion d'oublier un instant ses soucis.

— Ah, fit le concierge après quelques secondes de réflexion, je sais bien que je suis pas le seul. Mais...

— Mais... ?

— Faut reconnaître, si elle comptait pas, on aurait du mal à s'en sortir. C'est qu'elle nous coûte, celle-là, à sa mère et à moi, dit le concierge en indiquant la porte de la chambre.

Remarquez, ce n'est pas qu'elle sorte ou qu'elle s'habille, mais quand même, quoiqu'on dise, c'est de l'entretien.

— Votre fille ? demanda Moinet.

— Elle reste dans sa chambre à lire toute la journée. Elle sort le matin pour sa toilette, et quand elle a fini, elle se renferme là-dedans et elle lit jusqu'au moment de s'endormir. Aux repas, on lui passe un plateau, sans ça je crois bien qu'elle ne mangerait même pas. Des années que ça dure, cette dévoration. Ah je vous jure, pour des parents, c'est pas facile. Tiens, ma femme est partie à la bibliothèque lui chercher un sac de livres pour jusqu'à après-demain. Un gros sac, c'est deux jours. Moi, j'irais bien à sa place, mais…

— Les rhumatismes.

— Alors moi, ici, je repasse ce qu'elle a lu.

— Vous relisez ? demanda distraitement Moinet, affairé à brancher le nouveau radiateur dans une grosse prise de porcelaine près de la porte.

— Non, je repasse les pages. Elle corne, expliqua-t-il, impossible de la corriger, elle ne peut pas s'en empêcher. Même que la bibliothèque regarde à lui prêter des livres. C'est pourtant pas faute de le lui avoir répété de ne pas corner. Mais c'est plus fort qu'elle, faut qu'elle corne. Ma femme dit qu'on aurait dû être plus sévères sur les cornes…

— Bon, eh bien il a l'air de marcher, dit Moinet. Touchez.

— Ah oui, dit le concierge. C'est tiède, ça vient. Du rapide, ça au moins, ajouta-t-il satisfait.

Pas à dire, Moinet, c'était de l'agrément.

— Voilà, un beau radiateur comme ça, ça va vous changer la vie. J'emporte le vieux ?

— Ah, ce serait bien aimable, parce que moi, c'est pas que je voudrais pas le faire…

— Si ça peut se réparer, je le prendrais bien pour dans ma chambre, dit la fille surgissant soudain d'icelle. À rester sans bouger, c'est souvent qu'on n'a pas chaud.

La fille ressemblait à l'épousée sur la photo. Elle avait enfilé un court peignoir sur une chemise de nuit dont l'ourlet lui coiffait les chevilles. Économe comme sa mère, elle n'avait pas perdu une miette de la conversation.

— Si tu sortais un peu plus souvent, hasarda son père, un peu d'exercice, ça te ferait pas de mal, la marche, ça réchauffe.

— Pas le temps, répondit-elle, en retournant dans sa chambre.

— Ah, dit pensivement le concierge, qu'est-ce qu'y faut pas entendre.

Tout à fait l'avis de Moinet qui en avait, lui aussi, assez entendu dans cette loge.

— Bon, je vais voir ce que je peux faire, dit-il, attardant un dernier regard vers la photo. Pour le règlement, vous n'aurez qu'à passer à la boutique. Et si j'ai pu réparer, on verra pour installer l'autre. Allez, au plaisir.

Moinet poussa jusque dans la rue le vieux radiateur grinçant de toutes ses roulettes son déplaisir d'être déménagé après tant d'années. Si ça se trouve, ce n'est pas bien grave, songea-t-il en le hissant à bord de sa camionnette.

Il songeait aussi à autre chose.

CHAPITRE QUARANTE ET UN

— Ta mère, elle a dit que c'était la dernière fois. Si tu en veux d'autres, va falloir aller les chercher toi-même.

Debout au pied du lit, tête basse, le concierge s'adressait aux orteils de sa fille. Il redoutait sa mauvaise humeur plus encore que celle de sa femme. Bien sûr, il aurait dû être plus ferme quand elle cornait les pages de l'abécédaire, et plus tard il aurait peut-être dû y regarder à deux fois avant de chasser le type de la cave avec le bébé dans le couffin.

Un père, on peut en avoir besoin.

Mais de se mettre en travers d'un chemin, celui de sa fille, ou celui de sa femme, ça lui tordait le cœur. Cet organe-là, l'avoir trop bon ne vous facilite pas toujours la vie.

— Eh ben, tu lui diras que ça tombe bien, parce que moi, j'en ai marre de lire. Voilà. À partir de maintenant, j'arrête. Comme ça, elle aura pas besoin de se fatiguer. De toute façon, ça la changera pas, elle s'est jamais beaucoup fatiguée pour moi.

— Alors là, t'es injuste, dit le concierge. Ta mère…

— Quoi ma mère, quoi ma mère ? Quand t'as plus pu descendre chercher des boulets, qui c'est qui se coltinait d'y aller à la cave, hein, qui ? Elle, ou moi qu'étais toute petite ?

— Ah, tu exagères, pas si petite que ça.

— J'étais quand même pas bien grande. Juste assez pour me faire arriver ce qui m'est arrivé dans la cave. Crois-moi que ça, je l'ai pas oublié.

Elle se tut. Depuis quelque temps, elle s'était surprise à y repenser, à ce qui lui était arrivé autrefois dans la cave.

Et à la suite aussi.

Sur le coup, et les années suivantes, la lecture lui avait suffisamment occupé l'esprit pour ne pas avoir à revenir sur ces événements. Sa mémoire s'était vidée presque aussi vite que la cave. Restait un brouillard de vagues souvenirs que le temps et la lecture avaient dissous, jusqu'à n'être plus qu'un bouillon clair qu'elle avait fini par digérer.

Pas entièrement.

Récemment elle s'était sentie saisie de hoquets suspects. Au début elle les avait mis sur le compte de sa position couchée. Délaissant son livre, elle s'était levée plus souvent pour faire quelques pas autour de son lit. Mais quand elle se recouchait, elle avait moins envie de lire.

De moins en moins.

Interrompue par ses crises de hoquet, elle ne lisait plus à présent que quelques paragraphes à la fois. Les pages cornées se multipliaient. Son père ne lui avait rien dit, mais ça lui alourdit bientôt le repassage. Évidemment, ne plus lire, ça libérait de la place, et dans cette vacance, elle avait vu peu à peu resurgir ce qu'elle avait cru trop vite enfoui sous les intrigues de ses lectures.

Un souvenir de nouveau-né dans un couffin, on n'imagine pas la place que ça peut parfois occuper.

— Tu ne veux plus lire, à présent. Ah non, tu nous feras bien tourner en bourriques, ta mère et moi. Tiens, la v'là qui rentre, tu n'as qu'à y annoncer toi-même.

La concierge gara son cabas à roulettes contre la table.

— Ah, se plaignit-elle, c'était bien la peine que j'y aille. Ils ont pas voulu m'en donner, les saligauds.

— Pourtant je les avais repassés, s'indigna son mari.

— Pas assez bien, faut croire. Ils ont dit que ceux que je rapportais étaient trop cornés, qu'ils nous avaient prévenus, alors que maintenant, c'était décidé, ils nous en prêtaient plus. Voilà ce qui finit par arriver à force de pas écouter ce qu'on vous dit.

— Eh ben, ça tombe bien, dit sa fille.

— Quoi, qu'est-ce qui tombe bien ?

— Elle va t'expliquer, dit le concierge.

— Je vais plus lire, alors plus de livres, ça tombe bien, voilà.

— Comment ça, tu vas plus lire ? Ah, elle est fraîche, celle-ci. Et depuis quand tu vas plus lire, hein ? Ça t'a pris comme ça, d'un coup ?

— Ne t'énerve donc pas, intervint son mari. Laisse-la causer, à la fin. Moi aussi ça m'a étonné, mais elle va sûrement nous le dire pourquoi elle veut plus lire, hein que tu vas nous le dire.

La fille des concierges n'éprouvait aucune envie d'expliquer à ses parents les raisons de sa décision. À dire vrai, elle ne les comprenait pas très bien elle-même et, de plus, elle pensait, à tort ou à raison et depuis fort longtemps, que ses parents étaient bêtes. Son père parce qu'il se laissait marcher dessus par sa femme, et sa mère parce qu'elle s'était mariée à tâtons, présage infaillible de mariage déglingué. La chance leur avait souri une fois en leur donnant une fille, elle, alors qu'ils s'en contentent et n'attendent pas des explications que rien ne les autorisait à demander.

— C'est comme ça !

Et elle retourna dans sa chambre.

Les concierges se regardèrent en silence. Éprouvant un légitime besoin de réconfort, le mari résolut de bourrer sa pipe. À l'instant où il tendait son bras vers le pot à tabac sur l'étagère, sa femme, excédée, se jeta sur lui avec une énergie soudaine entièrement vouée à l'écrasement définitif de la pomme d'Adam de son mari. Il était grand temps d'en finir avec ce lourdaud qui vivait à ses crochets, grand temps d'en finir avec ses rhumatismes, grand temps surtout d'en finir avec cette pipe qui emboucanait sa loge depuis tant d'années.

Il fallait que ça arrive. Elle le tuait.

Surmontant la douleur causée par un rhumatisme plus cruel que les autres et qui lui bloquait l'épaule gauche, d'un revers de main l'ex-hercule repoussa sa femme qui desserra les doigts et vola s'aplatir contre le radiateur tout neuf. Tout en se massant l'épaule, il regarda un peu décontenancé la concierge allongée sur le parquet. Jamais il n'avait levé la main sur elle. Ouvrant, pensif, le pot à tabac, il entreprit de garnir le fourneau de sa pipe. Il gratta une allumette, s'assura du bon tirage et souffla vers le plafond une épaisse bouffée bienfaisante.

— C'est quoi ce raffut ? demanda sa fille à travers la porte.

— C'est ta mère. Elle s'est aplatie contre le radiateur.

— Quoi ? Le tout neuf ?

— Je m'en occupe.

Sa femme aplatie aurait pu lui causer quelque inquiétude. Il se serait mis en devoir de l'aider à se relever, il se serait assuré qu'elle ne s'était pas blessée dans sa chute, peut-être aurait-il sollicité l'aide de sa fille, de voisins ou même, qui sait, appelé les pompiers.

Non, le concierge immobile fixait le radiateur. Telle une présence bénéfique qui semblait avoir toujours manqué dans la loge, ce nouveau venu possédait, comme sa pipe, quelque chose d'apaisant.

Il restait assis là, à contempler le radiateur, avec le ravissement que d'autres éprouvent parfois au musée devant un tableau de maître, ou un costume de belle coupe dans la vitrine d'un tailleur chic ; d'autres encore, une strip-teaseuse un peu grasse dans une boîte bon marché à l'heure de la fermeture, en tirant de songeuses bouffées de tabac-carton.

Rêvait-elle, là, sur le plancher? Le concierge ne s'était jamais demandé si sa femme rêvait. « Je suis fatiguée, moi, la nuit je dors, un point c'est tout. Si tu ne restais pas tout le temps à ne rien faire, toi aussi tu serais fatigué et tu dormirais. Et sans rêver. Des poubelles qui se sortent sans qu'on ait besoin de les tirer, du courrier qu'arrive tout trié et qui monte les étages tout seul, des chiens qui se retiennent de pisser devant la porte? Les rêves de concierge, excuse-moi, mais ils ne font guère rêver. »

Sa pipe fumée, le concierge la posa sur la table et se leva. Il s'approcha de sa femme et du bout d'une pantoufle lui tapota une cheville, puis l'autre.

CHAPITRE QUARANTE-DEUX

De la même pantoufle, le concierge lui tapota alors un peu plus fermement le coude. Le bras se tendit et la concierge ouvrit les yeux. Elle regarda autour d'elle.

— Où donc que me v'là à c't'heure ?

— Dans la loge, dit le concierge. Chez nous.

— Nous ?

— Toi et moi, ton mari.

— Mari ?

— Que t'as tâté.

La concierge parcourut de nouveau la loge du regard. Chez elle ? Une loge de concierge. Il y avait erreur. Elle était… Elle était… Bon, on verrait ça plus tard. L'urgent, c'était de ne pas s'attarder avec cet inconnu dans ce réduit puant. Elle entreprit de se mettre debout, mais les lames du radiateur lui avaient endolori les côtes.

— Aïe ! Vous pourriez m'aider à me relever, s'il vous plaît, monsieur ?

Le concierge ne bougea pas. Il considérait diverses options. De plus, l'idée même d'une flexion lui était pénible. Il suffisait d'attendre un peu. Sa femme parviendrait sans doute à se relever toute seule. Ah, elle lui demandait ce qu'elle faisait là. Et lui, alors ? Qu'est-ce qu'il y faisait, là, lui. Et les autres ? Tous ceux qui étaient quelque part, qu'est-ce qu'ils y faisaient ?

Le concierge scruta la pièce : la seule chose qui se trouvait à sa place légitime, c'était le radiateur.

— Il reste de l'eau minérale? demanda sa fille en sortant de sa chambre. Qu'est-ce que tu fais par terre? Attends, je vais t'aider.

— Merci.

La concierge se laissa hisser.

— Bien aimable. Bon, à présent, je vais vous laisser.

Le concierge ouvrit la porte de la loge.

— Alors au revoir, madame, dit-il. Et n'allez pas vous perdre cette fois.

— Bah, si je ne trouve pas, je demanderai.

— Madame? interrogea la fille quand son père eut refermé la porte. Où elle va?

— Pourquoi tu lui as pas demandé?

— Bon, je retourne dans ma chambre. Dis donc, tu saurais pas, toi, par hasard?

— Quoi?

— Où ils sont partis?

— Qui?

— Le garçon dans la cave et le couffin.

— Oh, moi, tu sais, dit le concierge, les questions, je préfère toujours qu'elles se posent ailleurs.

— Évidemment.

— Évidemment, oui, et ça donne que j'ai pas beaucoup de réponses. Tiens, celle-là, par exemple, je l'ai pas. Quand je suis redescendu à la cave, il n'y avait plus personne. Mais je croyais que ça ne t'intéressait pas, cette histoire.

— Avant, non. Maintenant, je ne sais pas. Depuis le temps, il s'en est passé, pas vrai?

— On peut le dire, oui. En tout cas, la cave, ça ne date pas d'hier. T'en as corné depuis, des pages.

La fille réfléchit un instant.

— Mais si je voulais avoir des nouvelles, dit-elle, si j'avais envie de savoir ce qu'ils sont devenus, comment il faut s'y prendre, tu sais toi ?

— Alors ça te vient comme ça? D'un seul coup. Tu ne comptes quand même pas les retrouver. Ils doivent être loin à présent, et loin, on ne sait pas où c'est.

Mais dans des livres, des choses encore plus difficiles à accomplir l'avaient été.

— Et pis, reprit le concierge, va donc savoir, ils veulent peut-être pas qu'on les retrouve.

Ça aussi, c'était arrivé dans les livres.

Elle retourna dans sa chambre.

CHAPITRE QUARANTE-TROIS

— Qu'est-ce que vous foutez là ?

— Je suis perdue, dit la femme dans l'embrasure de la lourde porte.

— Barrez-vous.

— Dites donc, ça sent mauvais.

De loin, la cuve évoquait le fourneau d'une énorme pipe.

— Barrez-vous.

— Oh, mais c'est vous l'odeur, grimaça la femme qui s'était approchée. Et aussi ce truc au fond, les deux.

— Foutez le camp. Personne ne vous a demandé de me renifler.

— Qu'est-ce que c'est, au fond ? insista la femme.

Quelle sale gueule.

Sur l'établi derrière lui, Monpro... saisit une lourde clé anglaise.

— Ne me touchez pas ! Je vous préviens, j'appelle mon mari. Hercule !

Hercule, ce n'était pas un nom. Un métier, oui, un nom, non. Où était-elle allée chercher ça ? Sur un marché, là où on en trouvait autrefois occupés à tordre de la ferraille.

La femme passa sa main sur la bosse près de son oreille puis sur ses côtes endolories. Quelques éclats de souvenirs restaient fichés dans son esprit embrumé.

Elle avait franchi la grille d'une petite cour, failli se cogner contre un vieux vélo, contourné un haut mur de parpaings, et enfin elle s'était retrouvée devant la porte de ce hangar.

— Dehors !

La menace de la clé anglaise brandie et les taches blanchâtres qui parsemaient le sol près d'un alignement de jerrycans paralysaient la femme. Elle sentit sa chaussure gauche prise dans une des flaques.

— Mais, fit-elle, c'est...

— De la colle, lâcha Monpro... entre ses dents. Forte, précisa-t-il lentement en se rapprochant.

— Forte ? demanda la femme soudain apeurée.

— On ne trouve pas plus fort.

— De la colle de quoi ?

Elle était parvenue à dégager son pied.

— Qu'est-ce que ça peut bien vous foutre ? De l'os.

— De l'os ?

— De l'os.

— De l'os de quoi ?

— De tout, répondit lentement Monpro... Tout ce qui va dans la cuve.

Tandis que la femme abandonnait sa chaussure pour tenter de fuir, Monpro..., projetant son regard dans la rue, s'assura qu'elle était déserte.

CHAPITRE QUARANTE-QUATRE

— Il veut un coussin ? offrit Belette.

Comment savait-elle que Modard commençait à la trouver dure, cette chaise ? Est-ce que ça se voyait sur sa figure, ou s'était-il mis à son insu à se balancer d'une fesse sur l'autre ? Belette ne bougeait pas. Elle regardait le rat avec une curiosité mêlée de sympathie, comme si elle comprenait ce qu'il faisait. Urbain lui en avait parlé sans s'attarder sur les détails. Tuer des chats, même si c'étaient des tourmenteurs d'oiseaux, l'idée lui faisait mal au Peter Pan. Mais le rat, comme tout un chacun, ne pouvait échapper à sa nature.

Elle pourrait me regarder comme ça pendant des heures. Elle a de la douceur dans le regard, cette petite. Une douceur comme celle-ci, c'est précieux.

Bientôt une heure qu'ils étaient assis devant le four, et le rat n'avait pas bougé. Après quelques séries d'abdominaux, toujours sur le dos, il s'était lancé dans des exercices de respiration profonde. Il en maîtrisait parfaitement la technique apprise jadis auprès d'un vieux rat arrivé des Indes dans un cargo panaméen.

Modard repensa aux menaces de Bourfre. Vouloir s'en prendre au dresseur et aux rats. Chasser des artistes, je vous demande un peu. Belette revint, un coussin à la main.

— Voilà, dit-elle en le tendant à Modard. Il sera mieux. Il est beau, non. C'est du crochet. C'est Félie qui l'a fait. Moi, le crochet, ça m'a jamais dit, je préfère faire des parties avec Moinet. Il est mieux sur le coussin, non.

— Beaucoup, admit Modard, très confortable, merci.

— Y a la grenouille qu'est montée. Il va faire beau.

— Elle va bien ?

La moindre des politesses, quand quelqu'un vous parle de sa grenouille, c'est d'en prendre des nouvelles.

— Elle m'a appris plein de choses, Félie. La cuisine, les commissions, c'est elle qui m'a appris. Et puis surtout à parler. Au marché.

— Au marché, fit Modard.

— Elle vendait ses napperons.

— Au crochet ?

— Elle m'emmenait au marché avec elle. Au début, j'étais trop petite pour rester toute seule. Et là elle m'apprenait à parler, juste en l'écoutant. « Et comment qu'elle va aujourd'hui ? Et elle a t-y trouvé ce qu'elle cherchait ? Et n'est-ce pas qu'ils sont chous mes petits napperons ? Et si elle aurait la monnaie, ça m'arrangerait. » Et c'est comme ça que j'ai appris, conclut Belette. Avec Félie.

— Au marché.

Si Modard avait sous-entendu quelque chose derrière cette précision, Belette n'alla pas y regarder. Ils s'entendaient bien tous les deux. Modard se félicitait de son offre de surveiller le rat. Au début il n'avait pas exactement évalué la difficulté de la tâche, mais à présent il sentait qu'il y avait acquis une certaine habileté, et trouvait cette occupation stimulante pour l'œil et l'esprit. Peut-être même qu'à la longue lui viendrait une certaine aisance. Il n'aurait jamais pensé devoir se soucier d'un rat. Étrange, ce rat. Et cette histoire de vengeance ? Vengeur ou pas, Modard en était convaincu, ce rat ferait un excellent partenaire.

— Mais où qu'elle est ? Où qu'elle est donc ?

Belette regardait Modard comme un chasseur de trésors suit les oscillations d'un pendule au-dessus d'une carte marine.

— En Bretagne, hasarda-t-il.

— En Bretagne, c'est où ? C'est loin, en Bretagne ?

— Oui et non, répondit Modard. Ça dépend.

— Ah, fit Belette, ça aussi. Avec lui, on dirait que tout dépend de tout tout le temps. De quoi, d'abord ?

— Quoi de quoi ?

— De quoi ça dépend ?

— De quoi ça dépend quoi ?

Ça n'allait pas bientôt finir ?

— De quoi ça dépend si c'est loin en Bretagne ?

— D'où on se place.

— D'ici, répondit Belette agacée.

— Encore assez, dit Modard.

— De toute façon, c'est pas elle, la question. C'est pas la Bretagne.

— Ben non.

Modard sur ce point aussi partageait l'opinion de Belette. Félie y était-elle effectivement, en Bretagne ?

Ou pas.

— Si c'est pas vrai.

Modard fit un bond sur son coussin. Belette avait dit cela tout naturellement. Belette lisait les pensées de Modard.

Il en éprouva une faiblesse passagère.

— Je devrais peut-être aller acheter quelque chose à manger, dit-il. Vous n'avez pas faim ?

— Non, dit Belette. On n'aurait pas dû le jeter, le pâté de l'autre, ajouta-t-elle en rigolant.

Modard la regarda. Il dégrafa le bouton de sa chemise et sortit le fragment de machin collé à son ventre. Il eut un haut-le-cœur.

— Ah, dit Belette, pour une dégoutation… De toute façon, il trouvera rien d'ouvert à cette heure-ci. Que Moinet. Mais à manger, il a que des berlingots. À l'orgeat, précisa-t-elle. Deux grands bocals.

— Je vais jeter ce truc-là, dit Modard, désormais en paix avec la grammaire de Belette. Je reviens.

C'est quoi qu'il vient de sortir ? Pourquoi il parle de le jeter ? Ça se mange ?

Modard n'avait fait qu'un pas en direction de la cuisine quand le bruit le contraignit à se retourner. Belette aussi s'était penchée vers le four. Le rat raclait la grille du GMC avec ses incisives.

— Il le veut, dit Belette. Il l'a vu, il le veut. Faut qu'il lui donne.

Bah, songea Modard, ça ou la poubelle, et il glissa le morceau entre les jambes du M. Une lame de coupe-chou effleura la pulpe de ses doigts. Les incisives affutées sur la pierre d'Urbain avaient tranché le pâté au ras du grillage. Tandis que Modard se vérifiait la pulpe, le rat disparut à l'intérieur de la roue qui se mit à tourner à une vitesse vertigineuse.

— Qu'est-ce qu'il va en faire, votre père ? demanda Modard. Plus personne ne va pouvoir le contrôler, si ça continue.

— Si on le surveille, ça ira. Faut qu'il continue à s'entraîner. Là c'était facile, il suffisait de garder les yeux sur la roue.

Ce fut certainement dû à la vitesse excessive, l'axe central de la roue lâcha sans prévenir.

Merde !

Le rat fut projeté contre la voûte de brique noircie.

Ploc !

— Belette, cria Modard, Belette, approchez. Vite !

Le rat était étendu sur le dos, inerte, dans la paille au milieu du four.

— Si ça se trouve, il s'est ouvert la tête, dit Modard.

— Si que ça se trouve, il est mort.

— Il faut aller chercher votre père en bas.

Cherché puis trouvé, Urbain accourut. Il s'approcha du four et découvrit à l'intérieur le rat étendu.

— Belette m'a raconté pour le pâté, dit-il tout en examinant la situation. Vous auriez mieux fait de le mettre à la poubelle.

C'est Monpro... qu'il faut mettre à la poubelle, pensèrent ensemble Modard et Belette.

Urbain aussi.

Le dresseur prit dans une poche de son tablier une espèce de longue aiguille à tricoter et se mit à picoter le museau rose à travers les barreaux de la grille. À la troisième picoture, le rat tressaillit, ouvrit grand ses yeux rouges, et dressa les oreilles.

— Voilà, dit Urbain. Elles ont le crâne solide, ces bestioles. Celui-ci, plus que les autres.

Solide, tu l'as dit, parce que à la vitesse où j'allais, ça a été moins une. Heureusement qu'en voltige, j'en connais un rayon. Et merci pour les bestioles.

— Il va vite récupérer, dit le dresseur. J'ai presque fini dc tresser la cage en bas. Bon, je vous laisse, il faut que je redescende m'occuper des autres.

CHAPITRE QUARANTE-CINQ

Seul à présent dans le hangar, Monpro... s'affairait à apporter les bidons vides jusqu'aux tuyaux. Dans la cuve, la cuisson était terminée. Il ajusta les embouts et remplit les bidons. C'était une opération délicate, le liquide gluant coulait mal et les taches rendaient le sol glissant. L'odeur, comme la porte blindée et les hauts murs, tenait à l'écart les éventuels curieux. Malgré tout, il y prenait du plaisir.

Légèrement grisé par les vapeurs, Monpro... rêvassait devant la cuve.

L'imagination de Monpro... était aussi visqueuse que sa colle.

Et dans cette imagination, la petite ne l'était plus. Petite.

Une inspiration, cette idée de le laisser s'installer dans sa maison quand il s'était repointé, son couffin sous le bras. Sa maison à lui, Monpro... Un bon coup de bulldozer et elle aurait été vite aplatie, et le hangar avec. Les voisins avaient assez réclamé qu'on les casse. Oui, mais il y avait les chèvres. Il s'était trouvé là au bon moment, pour se charger de la besogne en échange du bâti.

« Laissez-moi la maison, je m'occupe des chèvres. »

L'os de chèvre, ça ramollit sans se décomposer. Ah, l'os mou encore tiède dans la main !

Idéal, ce hangar. La cuve, les bidons, la place.

Et juste à côté la maison.

La petite.

Treize ans, et pas envie de grandir. Curieux, cette maladie...

Monpro... reboucha soigneusement le dernier jerrycan. Exigeants mais fidèles, les clients payaient sans poser de questions. Monpro... non plus ne leur en posait aucune.

La vapeur avait un peu épaissi. Monpro... baissa la flamme sous la cuve.

Monpro... pouvait le foutre dehors n'importe quand, Urbain, et qu'est-ce qu'il lui resterait alors, hein ? De retourner dans les caves avec ses rats ? Tant qu'il s'occupait d'eux sans se mêler du reste, et qu'il prenait son parti devant sa fille, ça pouvait durer. Mais pas trop longtemps quand même...

Belette, son père finirait par la faire changer d'avis. Faudrait bien, s'il voulait rester.

Belette, Belette... D'abord l'éloigner de son père. Loin de lui et des rats, Monpro... saurait lui montrer qu'elle n'était plus si petite. Et loin de l'autre aussi, dans son bazar, qui avait toujours refusé de lui fournir des bidons ou des tuyaux. Et pourquoi, hein ? Parce que sa tête ne lui revenait pas ? Et la sienne, de tête, il l'avait regardée ? Un de ces quatre, Monpro... s'occuperait de lui. Un droguiste, après un hercule, pas bien difficile de s'en débarrasser. Il trouverait toujours quelque poisson d'avril pourri à lui accrocher dans le dos.

Tout finit par arriver, pensait souvent Monpro.... Ou par partir.

Comme Félie.

CHAPITRE QUARANTE-SIX

Chiffonnée, Belette avait disparu. Assise sur son lit, elle avait posé à côté d'elle la grenouille dans son bocal. Tout en regardant Belette réfléchir, mais en veillant à ne pas la déranger, la grenouille gonflait les joues en sourdine.

Quand on a un Peter Pan, on ne veut pas devenir une grande personne, et comme ça, on est tout le temps gentil. Belette était toute petite quand on le lui avait trouvé, son Peter Pan. Au dispensaire, ils avaient dit à Félie qu'il faudrait la surveiller, lui apprendre à grandir et à ne pas faire confiance tout le temps. « Une petite fille, avec tous les détraqués en liberté, avait confié à voix basse l'infirmière, on ne se méfie jamais assez. Elle est mignonne, cette petite, mignonne à croquer. »

Félie avait entraîné Belette vers la sortie. Les murs des couloirs étaient de la couleur des patients dans leurs fauteuils roulants, et les néons des plafonds crachaient de larges taches blafardes sur le lino gris.

Belette avait eu peur.

— C'est grave, ma maladie ? avait-elle demandé Belette inquiète à Félie sur le chemin du retour.

Félie avait souri. Elle lui tenait la main. Elle avait les mains douces, Félie, et de longs doigts souples de crochetière.

— Non, pas grave du tout. Ce qu'est malheureux, c'est que y ait pas plus de gens qui l'aillent, le Peter Pan. Il irait mieux, le monde.

Du bout de son pouce, Belette caressa rêveusement la tête de la grenouille. Le mieux, c'était d'en parler à Moinet. Il l'a pas, lui, le Peter Pan.

Mais c'est tout comme.

— Je t'en foutrai, moi, des ampèremètres comme ça, pestait Moinet dans sa moustache.

Dans le petit boîtier, l'aiguille restait indifférente à ses titillations électriques, et pourtant il en était sûr, du courant, il y en avait dans le radiateur. Une soudure de rien du tout, c'était quand même moins difficile à réussir qu'un aïoli.

Chassant au passage une bouffée de mauvaise humeur, une brûlante châtaigne dans l'avant-bras vint soudain confirmer la justesse du diagnostic.

Le numéro de téléphone de la loge était collé sur l'interrupteur.

— C'est bon, le radiateur refonctionne, dit Moinet quand le concierge eut posé sa pipe et décroché. Vous pouvez passer le chercher.

— Non.

— Ah, vous voulez que je vienne ? demanda un peu réticent Moinet qui n'avait pas oublié l'odeur.

— Mes rhumatismes, je vous en ai parlé de mes rhumatismes ? Je vais demander à ma fille. Elle s'est mis en tête de sortir, figurez-vous. Alors de passer à votre boutique pour prendre le radiateur, ça lui fera un but. Il remarche, vous dites ?

— Au petit poil.

— Tant mieux. Et pis, hein, c'est pour sa chambre, alors c'est bien que ça soit elle qui fasse le déplacement. Quoique…

— Allô ?

— Je me demande si elle en aura besoin. Comme moi, de mes lunettes.

— Allô ?

— De mes lunettes. Si je voulais plus lire…

Le carillon de la porte tinta la fin de l'échange.

— Bon, qu'elle passe quand elle voudra, il est prêt.

Moinet raccrocha, et fut, comme toujours, ravi de voir Belette entrer dans sa boutique.

CHAPITRE QUARANTE-SEPT

— Pas la peine de chercher, mademoiselle, vous n'en trouverez pas chez moi.

— Tant mieux, répondit Belette, c'est pas ce que je veux.

— Bon, dit Moinet après cet échange rituel, comment vas-tu depuis tout à l'heure ? La grenouille, tu t'entends bien avec elle ? Elle te fait la météo ?

— Surtout, elle écoute bien quand je pense.

— Ça ne m'étonne pas. Cette grenouille-là, c'est une authentique calamite. On n'en voit pas tous les jours.

— Tu l'as trouvée où ? demanda Belette.

— Derrière la boutique, répondit Moinet, dans les roseaux. C'est là qu'elles poussent.

— À côté des libellules ?

— Pas loin, mais pour les attraper, c'est autrement difficile. Qu'est-ce que tu as ? Des soucis ?

— C'est à cause d'un rat dans le four. Il s'entraîne.

— Comment ça, il s'entraîne ?

— Pour tuer des chats. Papa dit que c'est sa nature.

— Ah, fit Moinet, si c'est sa nature.

— Mais quand même, ces chats, si il va les tuer.

Moinet fut soudain désolé pour Belette. Il aurait bien voulu lui alléger le cœur. Avec son Peter Pan, elle n'était pas armée, cette petite, pour se frotter à toute la désolation qui tapissait tout le temps les corridors de la vie.

— Rassure-toi, Belette, les chats ne vont pas se laisser faire. Ils peuvent même lui donner du fil à retordre, à ce rat.

— Mais, il s'entraîne, je te dis. Sans arrêt, il s'entraîne. Il est fort, et il va vite. Il a même cassé la roue, pour te dire.

— Tu aurais dû me l'apporter, la roue, j'aurais vu ce que je pouvais faire. On peut souvent faire quelque chose. Tiens, ce radiateur, là...

Avec Belette, on ne changeait pas de sujet comme de trottoir.

— Qu'est-ce qu'on va en faire ?

— Et ton père, qu'est-ce qu'il en dit ?

— Comme tout le monde. Il est bien embêté. Tu comprends, c'est le clou. C'est lui qui remplit la soucoupe. Sans lui, autant rester à la maison. On pourra plus manger. Il faudra qu'on parte. C'est chez Monpro... qu'on est, la maison elle est à lui, et les rats de Papa, il ne les aime pas. Il peut nous jeter dehors. On ira sur le trottoir. Comme Papa avant, quand j'étais toute petite, et même plus grande. Et Félie elle est plus là. Plus là pour m'emmener au marché. Dis, Jean, tu le sais, toi, où qu'elle est Félie ?

Belette s'était mise à trembler. Moinet la conduisit doucement jusqu'au radiateur. Il régla le bouton du thermostat en position réconfort.

— C'est ça qui te tourneboule ?

— Pourquoi elle est partie comme ça sans rien dire ?

Moinet vit qu'elle ne tremblait plus.

Parfait, ce radiateur.

— Tu sais, Belette, des fois on part sans rien dire.

— Des fois ?

— Quand on est très occupé à partir, et qu'on n'a pas le temps d'en parler.

— Mais faut bien une raison, non ?

— Si.

— C'est ça justement que je veux savoir, moi, sa raison à Félie, d'être partie.

— Un berlingot ? offrit Moinet revenant d'en pêcher deux dans un bocal sur le comptoir.

Belette mit le bonbon dans sa bouche et entreprit de s'en chatouiller le palais.

CHAPITRE QUARANTE-HUIT

Modard commençait à s'ennuyer. Réveillé, le rat, après avoir avalé quelques croquettes, s'était remis à ses abdominaux. Une douzaine de séries, puis il s'était endormi de nouveau. Ça devait bien faire deux heures, et le temps de Modard ne passait plus. La surveillance d'un rat qui dort peut assez vite en épuiser l'agrément initial. Encore heureux que Belette lui ait apporté ce coussin. Il se demandait à présent s'il ne ferait pas mieux de rentrer chez lui.

Question que Modard s'était posée en diverses circonstances par le passé :

Quand un dentiste débutant, roulette en main, lui avait demandé d'une voix mal assurée d'ouvrir grand.

Quand il avait suivi une femme (en était-ce bien une ?) dans l'escalier obscur d'un hôtel borgne.

Quand il avait gratté un matin son huitième loto perdant.

Et un peu plus tôt, dans la cuisine, quand Monpro… s'était invité avec son pâté, son odeur et ses yeux-de-guêpe.

Chaque fois, il avait répondu oui. Chaque fois, il était resté.

En se disant qu'il aurait mieux fait de rentrer.

— Il ronfle ? demanda Urbain qui remontait à l'instant.

Modard se retourna.

— Je n'entends rien, dit-il.

— Ah ça, ce n'est pas normal, dit le dresseur. Vous êtes sûr ?

Modard s'était penché sur la cage.

— Non, je… Ahhhhh !

Urbain le tira violemment en arrière. Le nez de Modard pissait le sang juste à l'endroit où les griffes du rat avaient emporté un morceau de chair. Un petit morceau, mais ça lui cuisait, à Modard, comme si ça en avait été un grand.

— Il ne vous a pas raté, constata Urbain. Qu'est-ce qui vous a pris de vous approcher comme ça ? Vos orteils ce matin, je vous avais pourtant prévenu. Ne bougez pas, laissez-moi faire.

Le dresseur épongea le sang avec la manche de sa blouse.

— Ahhhhh ! recria Modard.

Eh ben, on est douillet, je n'y suis pas allé si fort que ça. J'aurais pu mettre les dents.

Là, à peine une gratouille, juste pour lui conseiller de faire un peu attention. Quand on tient à ses doigts, on ne les frotte pas à n'importe quoi.

— Fameuse griffure. Il n'y aiguisait pas que ses dents, sur la pierre. Mais je l'ai mise en lieu sûr, dit Urbain en tapotant une de ses poches.

— Il faut désinfecter, dit Modard. Tout de suite. Emmenez-moi à la pharmacie.

Le dresseur passa une seconde fois sa manche sur le nez de Modard et examina la plaie.

— Pas la peine, ça ne saigne presque plus. On va mettre un collant et ça sera fini. Ils sont propres, mes rats, n'ayez crainte.

— Non, protesta Modard, ça va s'infecter.

— Puisque je vous dis qu'ils ne traînent pas partout. Vous avez bien vu la cave, non ?

— Mais il a mangé du pâté de tout à l'heure, du pâté de Monpro…

— Et alors, dit le dresseur, moi aussi j'en ai mangé. Deux carrés, je me porte très bien. Je vous le répète, il était très bon ce pâté, très bon.

Modard allait répondre qu'il s'en foutait que ça lui ait paru bon, qu'il fallait se dépêcher de trouver une pharmacie, quand se retournant, il découvrit Monpro... à côté du dresseur. Le hurlement de Modard l'avait brusquement tiré de son hangar.

— C'est lui qui braille comme ça? demanda Monpro... tout en s'essuyant les mains sur un coin de torchon taché de rouge qui dépassait de la poche de son tablier.

— Vous croyez que ça peut s'infecter? demanda Urbain à Monpro... qui avait approché ses yeux-de-guêpe du nez de Modard.

— Non, dit Monpro... Ça ne peut pas.

— Ah, vous voyez, dit le dresseur à Modard. Qu'est-ce que je vous avais dit?

— J'y retourne, annonça Monpro... Belette, elle est où?

— Sais pas.

— Encore! s'exaspéra Monpro...

— Elle est allée me chercher des berlingots, dit Modard. J'avais faim.

— Combien de fois faudra-t-il vous le dire? Je ne veux pas qu'elle y aille chez celui-là, dit Monpro... De gros ennuis, vous allez vous attirer si ça recommence. Je vous aurai prévenu.

— Elle devait rester ici avec lui, s'excusa le dresseur.

Sans répondre, Monpro... tourna une paire de talons courroucés.

— Merci d'être passé(s), lança à leur suite Urbain.

Modard s'était rassis. Derrière le G, le rat aussi rassis le regardait. Urbain acheva de coller un petit pansement sur la blessure de Modard.

— Accompagnez-moi en bas, dit-il, je voudrais votre avis.

— Mais, dit Modard, on ne peut pas le laisser tout seul.

— Avec des barreaux comme ça, il n'ira pas bien loin.

Modard se retourna tout de même une fois avant de suivre le dresseur dans le petit escalier.

CHAPITRE QUARANTE-NEUF

— Mettez-vous là, dit Urbain.

Il ouvrit la porte de la cage et émit quelques sons. Cinq des occupants sortirent en file indienne, sautèrent par terre, et vinrent se ranger aux pieds du dresseur. Urbain prit sa guimbarde posée sur la cage et commença à faire vibrer la lamelle entre ses dents. Le groupe se resserra, puis l'un des rats s'en détacha. Il se mit à trottiner sur ses pattes arrière, et exécuta une série d'entrechats parfaits jusqu'à l'arrivée d'un autre rat, bientôt rejoint par le suivant. Chacun des rats exécuta une figure, puis le groupe reformé regagna la cage.

— Pas mal, hein? interrogea le dresseur. La danse de la malvenue, vous aimez? Je viens de la leur apprendre.

— Spectaculaire, fit Modard, surtout avec la musique.

— Un vieil air, dit le dresseur. De ceux qu'on ne joue plus trop parce qu'on peut se casser les dents sur la syncope. Je crois que je vais le faire demain.

— Demain? fit Modard. Lundi, il n'y a pas de marché.

— Demain, dit Urbain, c'est jour férié. Vous ne le saviez pas?

— Non.

Les jours fériés n'intéressaient pas Modard.

Encore moins que les ouvrables.

— C'est vrai, vous ne travaillez pas.

— Et ça me pèse, croyez-moi. C'est pour ça, un numéro avec lui…

— Si vous vous entendez bien, il n'y a pas de raison que ça ne finisse pas par se faire.

— Vraiment ? Vous le pensez ?

— Et pourquoi pas ?

— Je vous accompagnerai demain, répondit Modard ragaillardi. Pour le surveiller.

— Ça, dit le dresseur, il s'agira de ne pas le quitter des yeux. S'il lui prenait fantaisie de recommencer son expédition chez Bourfre, ça pourrait se finir bien plus mal que la dernière fois.

— Plus mal ?

— Et si ça n'avait été qu'un tour de chauffe ?

Il ôta sa blouse, la raccrocha à la patère et éteignit le néon. Modard le précéda dans le petit escalier.

— Il se fait tard, dit-il, je m'en vais faire mon petit tour pour les jambes, ensuite, une soupe et au lit. Vous rentrez chez vous ?

— Bah, fit Modard, si ça ne vous dérange pas, je resterais aussi bien ici. Il est tard et je n'habite pas à côté.

À côté, songea Urbain, c'est le hangar.

— Mais c'est qu'on n'a pas où coucher le monde, ici.

Modard pointa du doigt vers les chaises à côté du four.

— Je peux m'installer là, dit-il.

— À côté de lui ?

— Tout juste.

— Une chaise, ça ira ?

— Ne vous inquiétez pas, regardez, j'ai un coussin. Et puis comme ça, il verra qu'on l'a à l'œil même la nuit.

— Bon, à votre guise. Bonne nuit.

— Bonne nuit.

À distance raisonnable, Modard s'assura que rien ne bougeait dans le four. Il s'assit sur l'une des deux chaises, allongea les jambes et croisa les pieds sur l'autre.

CHAPITRE CINQUANTE

La promenade vespérale du dresseur ne l'emmenait jamais très loin. Juste histoire de dire, au cas improbable où quelqu'un le lui aurait demandé, qu'il était sorti se dégourdir un peu les jambes avant de se coucher. Mais le monde commerçait peu avec Urbain. Sûrement à cause des rats. Ou de sa redingote. Ou de ses fines chaussures.

Des Modard, il ne s'en trouvait pas souvent.

Mal éclairée par les rares lampadaires dont les ampoules grésillaient sur leurs perchoirs comme de vieux moineaux catarrheux, la rue, le soir, était peu fréquentée. Quel âge, se demandait parfois Urbain, ça peut avoir un vieux moineau ? Il doit le savoir, ça, le père Mistol. Et s'il le lâchait, son rat, demain ? S'il lui donnait une bonne leçon, à Bourfre ? Après ça, tout ce qui lui resterait, ce serait des lambeaux de peau de chat, même pas de quoi faire des moufles, encore moins des vestes ou des manteaux. Ah, il ferait moins le malin, Bourfre, devant un tas de lamelles de chats. Et qu'il essaie de l'empêcher, le rat, pour voir, c'est pas un bout de nez qu'il y laisserait le Bourfre, c'est plein de bouts. Plein de bouts de Bourfre.

C'était des pensées démoniaques, de la méchanceté pure, concentrée, dont Urbain s'effrayait lui-même. Ce Modard tombait à point. Il surveillerait le rat pendant l'installation des escabeaux et de la planche, et il rattacherait le collier étrangleur dès la fin du numéro.

Il faudrait aussi s'assurer que Belette reste à la maison.

CHAPITRE CINQUANTE ET UN

La boutique de Moinet ne se trouvait pas bien loin. Quand on avait besoin de lui, Moinet non plus ne se trouvait jamais bien loin.

Le dresseur s'engagea dans une rue perpendiculaire, en atteignit le bout et poussa la porte. Le carillon bonne-humeur tinta son plaisir d'accueillir un visiteur.

Le nez collé contre les parois opposées d'un bocal de berlingots ventru, Belette et Moinet étaient absorbés dans une partie de miroir déformant.

— Ah c'que t'es moche, riait Belette, c'que t'es moche ! Si tu te verrais. On dirait une grosse pidouche !

— Ben et toi, une vraie figure de manivon ! rétorquait Moinet.

Une chance que les éclats de rire ne coupent pas, il y en avait plein la boutique.

— Je ne dérange pas, au moins ? demanda Urbain.

Il se serait bien joint à eux, mais le miroir déformant ne se joue bien qu'à deux. Et puis, à ce jeu, Belette et Moinet étaient trop forts pour lui.

— On a fini, fit Moinet, aïe, j'ai mal aux courtelettes. Pas toi, Belette ?

— Non, pas moi. J'ai mangé moins de berlingots que toi. C'est pour ça. C'est la faute que t'en as trop mangé, voilà ! conclut Belette. Fini de rire ! lança-t-elle, déclarant ainsi la partie terminée.

— Bon, dit Urbain, eh bien, on a qu'à rentrer se coucher. Demain c'est férié, j'ai du travail. Tu viens, Belette ?

— Y a marché demain ? demanda Belette, je pourrai venir ? J'y ai pas été aujourd'hui.

— Il faut que j'emmène monsieur Modard avec moi, dit son père. Il ne va pas y avoir assez de place dans la camionnette.

Belette allait plaider sa cause lorsqu'ils entendirent tambouriner contre le rideau de fer. Depuis longtemps, Moinet se promettait de le remplacer par un rideau de liège, moins inamical, mais jusque-là, trop pris par l'exigeant commerce des couleurs, il n'en avait pas eu le loisir.

— Au secours ! À l'aide ! Au secours !

Moinet se précipita à l'extérieur.

Urbain et Belette aussi.

CHAPITRE CINQUANTE-DEUX

La femme tambourinait toujours en hurlant lorsqu'ils la rejoignirent. À bout de souffle, elle tourna vers Urbain des yeux exorbités.

— Là-bas, haleta-t-elle, là-bas!

Elle tentait de pointer un doigt tremblant vers un endroit que l'obscurité et le feuillage des tilleuls empêchait de repérer.

— Calmez-vous, dirent ensemble Moinet et le dresseur, nous sommes là. Il n'y a plus de danger.

Secouée de spasmes, la femme claquait des dents.

— Vous pouvez parler? demanda Urbain, qu'est-ce qui vous arrive?

— Qu... Qu...

Elle tentait de prononcer un mot, plusieurs peut-être, qui commençaient par Qu, mais ni Belette, ni son père, ni Moinet ne parvenaient, en dépit de leurs efforts, à deviner lequel (ou lesquels) restai(en)t coincé(s) dans la bouche de la femme.

— Elle veut peut-être un peu d'eau, dit Belette.

— Va lui chercher un verre, dit Moinet.

— Cuve! lâcha soudain la femme, cuve! Ah, ça pue!

Elle regardait tour à tour Moinet et Urbain, répétant à présent «cuve» à voix de plus en plus basse, puis à bout de forces, elle se tut et ferma les yeux.

— Qu'est-ce qu'elle a? demanda Belette qui revenait un verre à la main.

— Elle s'est endormie, dit Moinet.
— Le choc, confirma Urbain, les nerfs ont lâché.
Il se tourna vers sa fille :
— Cuve, demanda-t-il, ça te dit quelque chose?
Belette réfléchit un instant.
— Cuve?
La femme avait glissé jusqu'au pied du rideau de fer. Elle était allongée sur le trottoir.
— On ne va pas la laisser là, dit le dresseur. Il faudrait essayer de la réveiller pour lui demander où elle habite.
— Non, dit Moinet, il vaut mieux la laisser tranquille, qu'elle se repose. On va l'installer dans la boutique. Elle finira bien par se réveiller toute seule.
Les deux hommes transportèrent à l'intérieur la femme endormie.
— Qu'est-ce que c'est que cette histoire de cuve? demanda Urbain.
— C'est tout ce qu'elle a dit, demanda Belette, «cuve»?
— Pas grand-chose, hein.
— Non, contredit Moinet.
Belette et Urbain tournèrent vers lui le même regard.
— Quoi non? demanda le dresseur.
— Non, ce n'est pas tout. Elle a dit «ça pue».
— «Ça pue»? répéta Belette.
— «Ça pue», confirma Urbain.
— Et elle montrait quelque chose par là, non? se souvint Belette, le bras tendu dans la direction indiquée par la femme. Par là, qu'est-ce qui pue? Qu'est-ce qui pue par là?
— Arrête, ordonna son père. Tu vas dire une bêtise.
— Par là, il y a que lui qui pue, s'insurgea Belette. Et pis son hangar où qu'il est tout le temps à faire ce qu'on sait

pas. Il va pas dire qu'il l'a jamais senti, quand même, que ça pue !

— Oh, fit le dresseur, tu y vas un peu fort, ma fille. Il dégage parfois comme une odeur, mais de là à dire qu'il pue...

— Il pue, il pue et il pue ! s'emporta Belette. Et même qu'on sait pas quoi qu'il pue. C'est lui qui lui a fait avoir peur, j'en suis sûre. Pas étonnant, qu'elle a eu peur. Il fait peur. Avec ses yeux-de-guêpe et son tablier qu'a plein de taches, et ses pâtés. Il fait peur.

CHAPITRE CINQUANTE-TROIS

Semblables aux têtes de quelques grands échassiers secourables, les manches recourbés d'un assortiment de parapluies dans leur présentoir veillaient à présent sur le sommeil de la femme allongée sur le sol de la boutique.

— Mais d'abord, dit Moinet, si elle y était dans le hangar, qu'est-ce qu'elle était venue y faire ? Faut une raison pour aller là-bas, non ?

— Si ça se trouve, dit Belette, il l'a enlevée. Il l'a attrapée et il l'a mis de force chez lui. Pour la faire disparaître. Comme Félie, voilà !

— Ah, protesta son père, ça suffit, tais-toi, à la fin. Tu veux vraiment nous faire avoir des ennuis ? C'est ça que tu veux, hein ? Enlever, faire disparaître, je te demande un peu ! Pourquoi pas bouillir, tant que tu y es ?

Et les ennuis qu'il parlait ? se demanda Belette, pourquoi que nous on en aurait ? Qu'est-ce qu'il voulait dire ?

À cet instant, à l'insu de tous, Moinet se posait exactement la même question. Et une autre aussi :

Cette femme allongée là au pied des parapluies, où l'avait-il déjà vue ? Et même une troisième :

Quand ?

— Bon, dit Moinet, je propose qu'on aille tous se coucher. Elle peut rester là, je viendrai voir un peu plus tard si elle se réveille. Vous, rentrez, on essaiera d'y voir plus clair demain.

CHAPITRE CINQUANTE-QUATRE

Le rat s'était rapproché de la grille du four, et de Modard pas loin derrière, mais pas trop près non plus. Un morceau de nez, même un petit, ça suffisait bien. Modard ne leur avait jamais rien fait, aux rats, alors il s'agissait de ne pas se tromper de cible. Le rat colla son museau contre la grille, face à Modard, et vibra doucement des moustaches. Modard fut un instant effleuré par l'improbable sentiment que le rat appréciait sa compagnie.

Pas si mauvais bougre, après tout, ce Modard.

Après ces jours et ces nuits de solitude et d'entraînement sans relâche, peut-être cherchait-il un peu de réconfort, une présence. Il n'a pas l'air bien féroce, songeait Modard en regardant les longues moustaches noires, le museau rose tendre et les petits yeux rouges plongeant dans les siens. Pas bien féroce. Pas bien fé… Pas bi…

L'hypnose aussi, c'est le vieux qui me l'a apprise. Il la tenait d'un encore plus vieux que lui qui vivait dans une fromagerie du côté de Bénarès.

La fissure au fond du four à pain, il l'avait repérée au premier coup d'œil dès son arrivée. Un autre en aurait profité pour filer. En avait-il vu, des rats se glisser dans d'improbables failles, d'insoupçonnables chas.

En avait-il vu, de ces petits malins.

En avait-il vu l'instant d'après, la nuque brisée dans un piège à guillotine, tordus, agonisant, battant des pattes, épuisant leurs ultimes forces à griffer le vide indifférent.

Dire qu'ils nous considèrent comme des moins que rien, la lie de l'animalité. Et eux alors, tout ce qu'ils continuent à inventer pour nous détruire, ça n'a pas plus de limites que de nom. Heureusement, il y aura toujours une Belette, un Urbain... Enfin, espérons...

Pas question d'y aller mettre le museau, dans cette fissure. Qu'elle bée. Un bon somme, là, dans la paille jusqu'à ce qu'on l'emmène au marché, voilà son programme. Le clou, on pouvait toujours s'épuiser à tenter d'en trouver un autre. Le dresseur ne l'avait certainement pas oublié. Depuis qu'il restait entravé dans son coin, la recette avait dû sacrément maigrir.

Demain, le dresseur l'avait dit, demain il retournait au marché.

Et pas pour garder la cage.

Demain, il lui montrerait, à lui et à tous les autres, ce qu'il savait faire.

CHAPITRE CINQUANTE-CINQ

Grenouille, plus difficile que rat? Pas sûr. Les langues, dans la vie, ça vous ouvre des tas d'horizons. Le plus délicat, dans le grenouille, semblait être de bien gonfler les joues. Tendues à bloc, juste au bord de péter. Il faudrait qu'elle observe attentivement comment Jazz s'y prenait. La grenouille dormait sur un petit carré de mousse au fond du bocal. Belette se prit à songer à Félie, en Bretagne.

En Bretagne?

Et cette femme sous les parapluies. Et le marché demain.

Et la camionnette trop petite.

Trop petite?

Bien gentil, ce Modard qui surveillait le rat dans la courette cette nuit. Tout le monde était gentil. Presque.

Comment Modard avait-il pu ne s'apercevoir de rien? Voilà qu'il se retrouvait les poignets ficelés dans le dos et les chevilles entravées par du fil de fer. Il n'était pas bâillonné, et pourtant, malgré ses efforts pour appeler à l'aide, pas un son ne parvenait à sortir de sa bouche.

Se glissant hors de l'obscurité, une silhouette s'approcha sans bruit. Au bout d'une longue pince métallique, Monpro… dirigeait vers la bouche de Modard une grosse boulette sanguinolente.

— Par le bon trou, cette fois. Et crue. Ma nouvelle recette. L'os, ce qu'il y a autour, ce serait dommage de le perdre, non? Allez, ouvre!

Modard tentait de serrer les lèvres, mais ses mâchoires soudain changées en une paire de limaces ramollissaient de plus en plus à mesure que Monpro… approchait l'extrémité de la pince. Il sentit son menton se relâcher comme un sphincter anesthésié.

— Encore un peu… Oui, comme ça. Tu ne vas pas m'obliger à te casser les dents ? Là… Ça y est, je te vois le cœur. Joli, ce rouge… Il bat fort, dis donc. Attends, je vais le sortir, ça fera de la place, dit Monpro… en allongeant le bras vers la bouche grande ouverte de son prisonnier.

Dans un geste désespéré, Modard rejeta de toutes ses forces la tête en arrière.

Le choc violent de son crâne sur le pavé de la courette le réveilla instantanément.

— Qu'est-ce qui s'est passé ? demanda Urbain l'aidant à se relever. J'allais me coucher. J'ai entendu du bruit. Qu'est-ce que vous faites par terre ?

— C'est les chaises, expliqua Modard. J'étais en équilibre, comme ça, et je suis tombé en arrière.

— Ben dites donc, pour un acrobate… Rien de cassé, au moins ? Bon. Mais vous n'allez pas rester là toute la nuit. Rentrez au moins dormir dans la cuisine.

— D'accord, fit Modard en se massant l'arrière du crâne. De toute façon, il ne bouge pas, ajouta-t-il en désignant du menton le rat. Il doit dormir.

— Avec ce qu'il fait comme exercice toute la journée, ça ne m'étonne pas, confirma le dresseur. On peut le laisser là jusqu'à demain. J'ai vérifié les barreaux, c'est du solide. Je me méfie, on ne sait pas ce qu'il peut inventer.

— Vous l'emmenez demain, demanda Modard, vous êtes sûr ?

— Pas le choix, dit le dresseur. Demain il y aura du monde, et lui, quand il y a du monde, il rapporte.

— Je l'aurai à l'œil, je sais comment m'y prendre à présent, dit Modard, et j'ai hâte de le voir sur la planche.

— Oui, et après, retour dans la cage. Je compte sur vous.

Ils étaient de nouveau dans la cuisine.

— Vous n'avez qu'à prendre le crapaud contre le mur, offrit le dresseur, il n'est plus très jeune, mais vous allez voir, on y est bien. Ça va maintenant ? Vous êtes sûr ?

— Parfaitement, ne vous en faites pas pour moi.

— Bon, alors bonne nuit.

— Bonne nuit.

Le fauteuil était court sur pattes. Cette fois, si Modard devait tomber, ce ne serait pas de bien haut.

CHAPITRE CINQUANTE-SIX

Monpro… se glissa dans la cuisine aussi silencieusement qu'une fiente de pigeon dans la fissure d'une tuile. Sous le regard intrigué de Modard, il plongea une brosse dans un pot, enduisit de son contenu le profil du panneau du lit d'Urbain, et le maintint appuyé un moment contre le montant. Sans un bruit, il rangea le pot et la brosse sous la table et se dirigea vers la porte de la chambre de Belette.

Modard se croisa les mains sur le ventre. Deux cauchemars d'affilée, ça arrive, mais, prévenu, on attend tranquillement sans se réveiller que le second passe.

Monpro… referma la porte, se pencha vers Belette et lui appliqua sur la bouche un morceau de papier collant. La grande petite ouvrit les yeux, essaya de se débattre, mais Monpro… la maintenait fermement allongée. Au fond de son bocal, la grenouille assistait fort démunie à la scène. Elle ne pouvait pas grand-chose pour venir en aide à Belette. L'informer qu'il ferait beau le lendemain ne lui paraissait pas être d'un grand secours.

Monpro… souleva Belette de son lit et, la tenant d'un bras, il tira de l'autre le tapis et ouvrit la trappe. Belette, bâillonnée, n'en croyait pas ses yeux.

— Tu pensais peut-être que je ne connaissais pas la maison aussi bien que vous, hein ? Mais elle est à moi, tu comprends ? À moi. Comme toi. Allez descends, ordonna Monpro… Vite !

Belette parvint à se dégager. Elle se précipita vers la porte de sa chambre, tira sur la poignée de porcelaine, mais Monpro…

fut sur elle avant qu'elle n'ait réussi à l'ouvrir. Il la tira de nouveau vers la trappe.

C'est fou comme les rêves sont parfois sonores, songea Modard sans broncher. Décidément, ce veux fauteuil était bien confortable.

Le grincement de la poignée avait réveillé Urbain. À la vérité, celui-ci ne dormait pas tout à fait. Allongé dans son lit clos, le dresseur se livrait dans l'obscurité à l'un de ces exercices de réflexion qui aident à trouver le sommeil. Il venait de la porte de la chambre de Belette, ce bruit.

De derrière la porte de la chambre de Belette.

Urbain se redressa pour faire coulisser le panneau de son lit. Qu'est-ce qu'il a, celui-ci, à coincer comme ça ? Les glissières étaient pourtant bien graissées…

Un bon lit, on en prend soin.

Le dresseur tira plus fort. Il tira de toutes ses forces. Rien.

Urbain se mit à tambouriner contre le panneau de bois.

Modard se retourna dans le fauteuil et ouvrit les yeux. Il se retourna de nouveau, et tendit cette fois l'oreille avant de se précipiter vers le panneau du lit clos.

De l'autre côté, ça tapait dur.

— Urbain ?

— C'est bloqué, je ne peux pas sortir. Essayez de tirer sur le panneau.

Modard se mit à tirer de toutes ses forces tandis que le dresseur, de toutes les siennes, faisait de même.

— Il ne veut pas bouger, dit Modard, et je n'ai pas beaucoup de prise.

— Qu'est-ce qui peut le coincer comme ça ? demanda Urbain. Vous ne voyez rien ?

— Attendez, dit Modard, j'allume.

Il tourna le commutateur et revint devant le lit.

— Ah ben ça alors, fit-il, ça alors…

— Quoi ?

— Vous n'allez pas le croire !

— Mais quoi, à la fin ?

— On dirait qu'il est collé, dit Modard.

— Comment ça, collé ?

— Collé collé. Sur toute la hauteur. Et ça pue.

Ce constat fut ponctué d'un silence des deux côtés du panneau, un peu comme si la colle avait aussi été appliquée à leurs deux bouches.

— À la cave, dit enfin Urbain, un gros marteau sur l'établi, allez le chercher, vite !

Le jour s'était levé sur la courette. Modard s'y précipita et enfila l'escalier. Il l'aurait dévalé quatre à quatre s'il y avait eu suffisamment de marches. Il alluma le néon et courut vers l'établi pour prendre le marteau.

Mais où est-il, bon sang, ce marteau ? Pas sur l'établi.

Non.

Dans la main de Monpro...

La gauche.

Brandi.

Figé, Modard vit Monpro… debout à côté de la grande malle d'osier ouverte. Et dans la malle, Belette, ligotée et bâillonnée.

— J'aurais dû t'assommer là-haut dans ton fauteuil, toi, grinça Monpro… levant haut le lourd marteau. Approche un peu que je te casse la tête, approche.

Modard s'approcha.

En trapéziste.

Parfaitement exécutée, la voltige s'acheva par les pieds de Modard dans la poitrine de Monpro…

Souffle coupé, celui-ci ne put allonger le bras, et c'est le manche du marteau qui vint rebondir sur le crâne de Modard.

Pas trop fort.

Juste assez pour l'assommer.

Monpro… reprit son souffle, ferma le couvercle de la malle sur Belette, et entreprit de la hisser jusqu'en haut de l'escalier.

CHAPITRE CINQUANTE-SEPT

Ça ne devrait pas être bien difficile de le remettre en état, ce vieux vélo, songeait Moinet en enfilant les mules rangées au pied de son lit. Pas sûr, même, que les pneus soient crevés. Des neufs, j'en ai à la boutique, et des boyaux. Les vieux, je les jette, après, un bon coup de pompe et ça repartira.

Belette serait bien contente d'avoir un vélo pour aller faire les commissions. Dans la réserve, il lui trouverait certainement une paire de belles sacoches et de solides tendeurs. Et puis une sonnette. Et même un panier pour emmener la grenouille aux commissions avec elle. Il se leva, se vêtit et descendit à la boutique. Au pied des parapluies échassiers, la femme venait elle aussi de se réveiller. Moinet s'approcha d'elle.

Moinet, tout le monde aimait qu'il s'approche.

Confiante, la femme qui le découvrait au-dessus d'elle à son réveil dans ce lieu inconnu promena son regard encore un peu désorienté du radiateur garé près du comptoir jusqu'à la moustache de Moinet.

— Alors, vous avez réussi à le réparer? demanda-t-elle.

— Une petite soudure, rien de bien sorcier.

— Tout de même, ce que vous êtes habile. Vous pourriez téléphoner à mon mari pour qu'il vienne nous chercher?

Moinet composa le numéro collé sur le radiateur.

À l'autre bout du fil, le concierge saisit cette occasion de faire d'une pierre deux coups. La boutique n'était pas bien loin, il y retrouverait femme et radiateur. Le radiateur avait sa place dans la loge. Et, à la réflexion, sa femme aussi.

Sa fille voulait prendre l'air, il l'accompagnerait. Tant pis pour les rhumatismes. Il couvrit le récepteur de sa main.

— C'est ta mère, lança-t-il en direction de l'autre pièce. Elle nous attend chez le marchand de couleurs. Avec le radiateur. Tu viens ?

— Qu'est-ce qu'elle fait chez le marchand de couleurs ? demanda la fille en sortant de sa chambre.

— On arrive, dit-il dans l'appareil. Ma fille se prépare. Il y a un moment qu'elle n'est pas sortie, ça peut prendre un peu de temps, mais on vient.

Moinet raccrocha.

— Ils viennent, dit-il à la femme. Votre mari et votre fille.

— Elle aussi ? s'étonna la femme. Une éternité qu'elle n'a pas mis le nez dehors, elle va être longue à se préparer. En plus, lui qui ne marche plus guère...

Elle se leva.

— Je me dégourdirais bien un peu les jambes, dit-elle.

— Très bien, dit Moinet, accompagnez-moi si vous voulez, je vais chercher un vélo. Une petite réparation.

Dans la courette, Monpro... avait presque hissé la malle hors de l'escalier.

— Vous sentez ? demanda la concierge à Moinet.

Ils ne voyaient le personnage que de dos.

L'homme se retourna.

— La cuve, hurla-t-elle, c'est lui ! Hier, il a voulu... Heureusement, le cri dehors... J'ai couru... filé...

Surpris, Monpro... avait lâché la malle.

Qui redégringola l'escalier.

L'odeur donnait un avantage à Monpro... : on gardait ses distances. Il en profita pour contourner Moinet et la concierge, et se précipita dans la rue.

— Vous ne lui courez pas après ? demanda la concierge.

Optant pour l'urgent, Moinet, sans répondre, descendit ouvrir la malle arrêtée au pied de l'escalier. Il ôta le collant de la bouche de Belette qui gigotait comme un mille-pattes sur le dos et l'aida à s'extirper de la malle. Elle posa un pied sur le sol, l'autre sur une oreille.

— Aïe, s'écria Modard cruellement réveillé.

— Désolée, s'excusa Belette confuse, je lui ai pas fait mal ?

— Non, c'est mon crâne, répondit Modard, une bosse.

Qu'il se mit à masser.

— Qu'est-ce que vous faites là ? demanda Moinet.

— J'étais venu pour le marteau, répondit Modard, il faut ouvrir au dresseur, là-haut.

Modard résuma l'histoire du panneau collé et du marteau lancé.

— Vite ! fit Moinet en détachant Belette.

Dans la grande cage, les discussions allaient bon train. Il ne s'en passait pas beaucoup, d'ordinaire, dans cette cave. En tout cas, jamais autant. Les seules distractions, c'était quand on allait se produire au marché. Alors là, ça vous changeait. Belette dans la malle, le marteau qui volait, la voltige, la malle qui montait, qui descendait, Belette qu'on en ressortait... C'en était de la distraction, de la vraie, comme on en aurait voulu plus souvent ici-bas. Quand même, ils auraient aimé que Belette leur explique un peu ce qui se passait, mais, semblait-il, ça devrait attendre.

Où sont-ils? se demanda dans la courette la concierge en voyant s'enfuir Monpro... Ce n'est pas moi qui vais lui courir après! Pourtant, on ne peut tout de même pas le laisser dans la nature cet oiseau-là, avec ses yeux-de-guêpe.

De l'escalier apparurent, dans cet ordre, Modard, Belette et Moinet. La concierge les suivit dans la cuisine.

— C'est pas un marteau qu'il faut, jugea Moinet devant le panneau. Pas la peine de tout casser.

Il choisit un grand couteau de cuisine dans le tiroir du buffet, éprouva la résistance de la lame en l'appuyant sur le formica de la table et, satisfait, la glissa entre le montant du lit et la porte.

C'était de la colle forte. Très forte. Définitive.

— Je me demande bien ce qu'il y a dedans, dit Moinet.

— De l'os, fusa la réponse de la concierge.

Moinet la considéra un instant en silence.

— Appuyez sur mes bras, demanda-t-il à Modard en poussant le couteau vers le bas.

— Vaudrait peut-être mieux un couteau-scie, suggéra Modard qui n'y connaissait rien.

Moinet continua à pousser vers le bas tandis que Modard pesait sur ses bras. Le panneau lâcha d'abord un peu, puis un peu plus, et finit par céder. Urbain tira de l'intérieur.

— J'ai bien cru que je n'en sortirais jamais. Cette odeur... Pas la peine de chercher. Du Monpro... tout craché.

— Alors, demanda Belette, qu'est-ce que je disais? Et lui, toujours à le défendre. On se demande pourquoique. C'est pas faute que je lui disais pourtant. En tout cas, sans Jean... Heureusement que t'étais là. Et lui aussi, heureusement qu'il y était, ajouta-t-elle en montrant Modard.

— Oh, fit Modard, faussement modeste, en se massant la bosse et le lobe gauche, j'ai fait ce que j'ai pu.

Moinet ne dit rien. Il avait cessé d'écouter et promenait son regard comme on promène un enfant, en le tirant doucement par la main pour le diriger vers une curiosité. Ses yeux allaient de Belette à la concierge, et revenaient sans détour de la concierge à Belette.

Plus tôt, dans la boutique, il n'avait pas réussi à la remettre tout à fait, mais cette fois, il revit sans difficulté le portrait des mariés accroché au mur de la loge dans le cadre jauni par la fumée de pipe. Belette et la concierge se ressemblaient trait pour trait.

Sauf que Belette était belle. Mais ça, Moinet le savait, ça provenait du dedans.

— Bon, fit Urbain, il faut le rattraper.

— Et pis moi, je veux qu'il dise où qu'est Félie, ça suffit à la fin, dit Belette exaspérée.

— On n'a qu'à appeler la police, suggéra la concierge.

Personne, sur le moment, n'avait une meilleure idée, et tous se mirent en route vers la boutique du marchand de couleurs et son téléphone.

Semblant provenir de l'angle de la rue, ils entendirent un long gémissement.

CHAPITRE CINQUANTE-HUIT

Sous un lampadaire à présent éteint, le concierge avait placé Monpro... à l'horizontale au-dessus de sa tête, une poigne autour de son cou, l'autre lui emprisonnant les pieds, juste comme il avait jadis à la foire serré entre ses phalanges d'hercule les extrémités des barres de fer. Mais là, c'était la colonne de Monpro... qu'il pliait.

À l'envers.

Un cri d'agonie accompagnait le craquement bref de chaque vertèbre. Ah, si on lui avait dit qu'il le retrouverait un jour ce salaud-là. Le concierge ne l'avait pas oublié. Ce salaud-là qui était allé raconter à la police que le gros sur la place, l'hercule, ne faisait pas que tordre des barres, et qu'il l'avait vu attirer les gosses pour se faire tâter les biceps, et allez savoir quoi d'autre. Convoquée, la merdaille avait protesté d'une seule voix devant le commissaire que ce n'était pas vrai, que l'hercule on le tâtait, mais pour voir sa force, et comme ça, on le voyait bien qu'il était fort, l'hercule, même plus fort qu'eux, les flics, que c'était ça qu'on tâtait, pas autre chose, m'sieur l'agent.

Le commissaire avait finalement foutu tout le monde dehors.

Mais allez donc ensuite vous dépêtrer de ces menteries. Rien n'y avait fait, plus possible après ça de tordre la fonte sur les marchés. Il avait bien essayé de s'y remettre, mais les chuchotements, les regards par en-dessous...

Plus une pièce dans la soucoupe.

Pas étonnant, alors, que les fourmillements soient arrivés peu de temps après.

Sous le lampadaire, partagé entre nostalgie et saveur douçâtre de vengeance, le concierge tordait Monpro..., et comme les grains d'un chapelet de douleur, les vertèbres de Monpro... se brisaient l'une après l'autre.

La concierge, à ce spectacle, se sentit un instant rajeunir. De très peu s'en fût fallu qu'elle n'allât tâter cet hercule soudain retrouvé. Tous les autres contemplaient la scène avec effroi.

Avec, aussi, un curieux soulagement.

Même Belette un instant délestée de Peter Pan.

Tous, sauf Moinet.

Promenant de nouveau son regard, le marchand de couleurs l'emmena cette fois-ci se poser sur un troisième visage. À côté de sa mère, la fille du concierge écoutait craquer Monpro...

Moinet attira Urbain à l'écart.

— Vous les connaissez? demanda-t-il à voix basse.

Le dresseur n'avait d'ouïe que pour les craquements secs de la colonne vertébrale. Il en avait compté huit, mais il avait manqué le début de la torsion et se demandait combien il en restait jusqu'à la dernière sacrée.

Moinet le tira plus fort par la manche, puis il suivit cette fois des yeux le regard du dresseur.

Dans le petit jour, Urbain regardait le concierge occupé à tordre Monpro... dans le mauvais sens. Il regardait aussi sa fille.

Pas Belette, non, la fille du concierge.

La fille du concierge regardait aussi le dresseur.

Et Belette.

Puis, tout le monde se remit à regarder Monpro... jeté enfin par terre comme un vieux sac d'os inutile. Les oreilles entre ses plantes de pied.

— Comment que je vais faire maintenant? s'écria soudain Belette. Qui c'est qui va me le dire, où qu'elle est?

Si, comme elle le soupçonnait, Monpro... avait à ce sujet possédé d'éventuels éléments, il n'allait pas être commode à présent de les lui faire livrer.

— Il ne l'a pas volé, dit la femme du concierge.

L'envie ne lui était pas passée d'aller tâter les biceps de son mari, mais celui-ci avait à l'instant un regard qu'elle ne lui connaissait pas, aussi se retint-elle.

— T'es donc là, toi? demanda soudain le concierge à Urbain. T'es donc là?

— Comme vous voyez, répondit le dresseur, comme vous voyez.

Modard s'efforçait de découvrir d'où provenait l'écho, mais il n'y parvenait pas. C'était celui d'un passé inconnu.

— Et la grande, là, c'est la petite? demanda le concierge en désignant Belette de son bras désormais libre.

— Elle-même, dit le dresseur.

— Ça alors...

Les bras du concierge en ballèrent de surprise. Il hochait la tête, abasourdi.

— Eh, la mère, regarde donc qui est là.

— Je vois, voyait-elle.

Sa fille aussi.

On vient chercher un radiateur, et voilà ce qu'on voit.

Bon, dit Moinet déterminé à ne pas laisser l'émotion prendre le dessus, qu'est-ce qu'on en fait?

Il désignait la colonne tordue à leurs pieds.

— Du pâté, plaisanta Modard un peu ragaillardi par l'enchaînement précipité de tous ces événements.

Le regard de Moinet l'arrêta net.

— Le mieux, dit le marchand de couleurs, c'est encore de le laisser là. Le jour se lève, quelqu'un finira bien par le ramasser.

— Oui, dit Belette, quelqu'un qui le trouverait comme ça, sans qu'il l'aurait cherché. Y a bien quelqu'un qui l'en voudra de lui, non?

Personne n'eut l'air aussi confiant. Peter Pan se perche sur bien peu d'épaules.

— Bon, dit Urbain, il faut qu'on parle à présent, vous ne croyez pas?

— On sera mieux dans la boutique, suggéra Moinet.

Tous l'y suivirent.

Urbain prit une profonde respiration.

— Belette, dit-il à sa fille, voici ton grand-père et ta grand-mère. Et ta mère.

Belette regarda d'abord son grand-père, puis sa grand-mère. Enfin sa mère.

Sans un mot, elle les regarda à nouveau, en sens inverse.

Un client entré à ce moment-là chez Moinet pour acheter du silence aurait été comblé, la boutique en était pleine.

Mais à cette heure, nul chaland.

— Félie? demanda Belette, où qu...

— Je rentre, dit le concierge. Mes douleurs qui me reprennent. C'est d'avoir tordu, je n'ai plus l'habitude.

— Je t'accompagne, dit sa fille. Maintenant que le radiateur est réparé, je crois que je vais me remettre à lire.

— Mais alors fais bien attention à pas corner, dit son père. Tiens, pousse donc, c'est pour ta chambre. Combien je vous dois ? demanda-t-il à Moinet.

— Laissez, ce n'était pas grand-chose. Une petite soudure.

— Bon, alors on se sauve.

— Moi aussi, je rentre, annonça la concierge. Pas envie de me reperdre.

Urbain et Belette les regardèrent s'éloigner et disparaître au coin de la rue. Bientôt suivis par un camion de chiffonniers qui marqua une brève halte au bord du trottoir près du lampadaire, le temps de ramasser quelque chose, redémarra, et disparut dans la direction opposée.

— Ce n'est pas tout ça, dit Urbain, mais le marché ouvre tôt, il va falloir penser à y aller.

— Je vous suis, dit Moinet, faut que je m'occupe du vélo.

En passant devant le four à pain, Modard eut l'impression furtive que le rat à moitié camouflé dans la paille lui adressait un petit signe du museau.

CHAPITRE CINQUANTE-NEUF

Perchée sur le dernier barreau de l'échelle, Jazz gonflait les joues, inquiète. Elle attendait des nouvelles. C'est décidé, pensa Belette en la regardant, je m'y mets. C'est que j'en aurai à te raconter quand je parlerai grenouille.

Belette sursauta. Son cri fit tomber Jazz de son échelle.

Confortablement installé au creux de son oreiller, pelage gris et museau rose sur le blanc de la taie, le rat l'attendait.

Qu'est-ce qu'il faisait là, enfui du four? Urbain allait bientôt partir pour le marché, il avait besoin de lui.

Ne t'inquiète pas, j'y vais. Désolé de t'avoir fait peur, mais faut que tu m'éclaires.

— Ah, quand même, tu te décides à reparler. Pas trop tôt. Qu'est-ce qui t'a pris de rester comme ça tout seul et de faire peur aux autres en bas?

Peur, peur, faut rien exagérer. Je les ai juste tenus un peu à l'écart, pour pouvoir réfléchir tranquille. Et ton père, qu'est-ce qui lui a pris de me serrer le cou avec ce collier, que j'ai bien failli m'étrangler? Et sans explication en plus. Alors gros coup de cafard, ça peut se comprendre, non? Besoin d'être seul, de prendre de la distance. Pas très malin, je reconnais, mais on ne m'a pas vraiment laissé le choix.

— Et la roue, tu leur rends. Tu sais comme ils l'aiment, la roue. Surtout les petits.

Promis. Ce Modard, qu'est-ce que tu en penses? Dans le four, je l'ai bien observé, il a l'air plutôt sympathique. Tu sais ce qu'il veut?

Belette expliqua ce que lui avait raconté son père. Le cirque, le trapèze, la mouche, et les projets de Modard.

Alléchant. Mais il aurait pu m'en parler, me demander si j'étais d'accord.

— T'en parler, t'en parler… D'abord il sait pas et toi, même à moi tu disais rien.

Ouais, bon… Le trapèze, je connais. Depuis tout petit. Devenir acrobate, ça a toujours été mon rêve. Tiens, ton père, je l'avais vu au marché avec ses danseurs de planche. Alors, dans la courette, j'y étais pas par hasard quand il a cru qu'il m'avait trouvé. J'avais préparé un petit quelque chose sur le vélo pour qu'il m'embauche. Efficace, non ?

— Alors, les abdos, les pompes…

C'est pas parce qu'on déprime qu'il faut négliger l'entraînement. Faut du muscle dans la voltige. La planche de ton papa, j'en ai fait le tour à présent. Alors, acrobate avec un homme, c'est autre chose.

— Mais le nez, tu lui as mordu.

Je voulais voir comment il réagirait. Si on doit devenir partenaires, faut être sûr…

— Monsieur Modard, c'est un gentil. Acrobate, c'est beau. J'irai vous voir, faillit conclure Belette avant de se raviser : monsieur Modard, il te voudra peut-être pas.

Et pourquoi pas ?

— Les chats. Après ce que tu leur as fait au marché… Il m'a raconté pendant qu'on te surveillait. Vraiment, c'est terrible ce que tu leur as fait. Si, si, même si c'est ta nature, c'est terrible.

Interdit, le rat regarda Belette. Encore cette histoire ? Et même Belette pour la raconter maintenant. Quelle nature ? Fait quoi ? À quels chats ?

Dans la cave, les rats dévorèrent les boulettes survitaminées préparées spécialement par Belette les veilles de représentation. Urbain s'assura de la tension correcte de la lame de la guimbarde, modula quelques triolets et tout de suite, dans la cage, qui d'esquisser un pas de danse, qui de marcher sur la pointe des pattes, qui de s'élancer sur la passerelle de bois.

La cave avait hâte d'aller se produire.

CHAPITRE SOIXANTE

D'où donc le tiraient-ils, les chats de Bourfre, cet air hautain ? Peut-être des coups de lanière que Bourfre leur assénait, à l'ancienne, quand ils ne tenaient pas bien leur tête. Au bout de leurs laisses, le cou pris dans de fins colliers de cuir ou de velours, allongés ou assis sur des coussins de satin, ils attendaient le client, savourant le discret plaisir qu'éprouvent, dit-on, à se faire reluquer, les créatures conformes aux canons en cours.

Bourfre quittait de temps à autre son pliant pour leur passer dans le poil un coup de brosse, resserrer sur une tête le nœud d'un ruban, ou simplement se délecter du spectacle qu'offrait sa marchandise. Les chats de Bourfre, c'était le fleuron des hôtes du marché. Dans leur volière, les perroquets aux couleurs criardes du père Mistol s'efforçaient de retenir un instant le passant.

Pas longtemps.

— « Coco, coco », dites-donc, elle pourrait au moins répéter votre volaille quand on lui cause.

Essayez donc de vendre un perroquet qui ne parle pas.

— Allez, venez les enfants, on va voir les chats.

— On peut les caresser ?

— Non, ça se touche avec les yeux.

Devant les visages dépités, en habile professionnel, Bourfre passait du revêche à l'attendri.

— Bon, allez-y, mais juste un peu.

Et dans le doux, le soyeux, la main passe, passe, repasse.

Bourfre se gardait bien de nommer la marchandise. Le nom du chat, c'est comme le prénom du gosse, on ne sait pas toujours d'où on est allé le tirer, mais quand on l'a élu, on l'assène une bonne fois pour toutes.

Et pas question d'y revenir.

— Regarde celui-ci, comme il est beau, tout blanc.

— Il va nous foutre du poil partout sur la moquette.

— Si tu faisais des fois le ménage, tu saurais qu'il y a un suceur spécial sur l'aspirateur, mais ça, hein…

— Papa, tu me l'achètes?

— Non.

— Papa…

— Qu'est-ce que je viens de dire?

— Maman…

— Gisèle, non.

— Non, non, toujours non. Ah, c'est tout toi. Un animal, c'est très bien pour un enfant. Tout le monde le sait que c'est éducatif, un animal. Tout le monde sauf toi. Moi quand j'étais petite, j'aurais bien voulu que mes parents m'en achètent un, de chat.

— Papa…

— Bon, lequel? Non, pas celui-là, un petit.

— Mais Papa…

— C'est combien?

De l'article facile, les chats, et qui s'écoulait comme qui dirait tout seul. Il suffisait de les apprêter, de les conduire au marché, de les asseoir, là, sur ce banc, et de laisser approcher le client.

Sous l'œil jaloux du père Mistol, Bourfre, qui ne prenait que du liquide, lissait les billets avec soin avant de les aplatir dans la sacoche de cuir qui lui battait les fesses.

Les questions d'une jeune femme en short et chemisier échancré exigeaient toute son attention lorsque la camionnette vint se ranger de l'autre côté de la place.

L'arrivée d'Urbain n'échappa pas à l'oiseleur, qui se garda bien d'en avertir Bourfre tout au short. Une sacrée correction, il leur avait mise, le père Mistol, l'autre fois, pendant que Bourfre était parti pisser. Il avait préparé son coup. Saleté de chats qui lui prenaient toute sa clientèle. Pas une seconde de perdue, griffe de jardinier bien en main sur l'échine des chats, et hop, retour côté perruches.

L'idée de génie, c'était ce rat violeur. Elle lui était venue, à Mistol, en voyant sur la planche cette bestiole incroyable, souple, habile et pas froussarde. Alors, de là à l'imaginer foutant l'Armageddon chez les greffiers...

Et plus c'est gros, plus ça se gobe.

Même Urbain l'avait cru quand il était allé lui raconter. Pourtant il les connaissait ses rats, l'Urbain. Celui-là, peut-être un peu moins que les autres. Celui-là, il l'avait trouvé.

L'histoire de l'attaque du rat était encore bien fraîche dans la mémoire de l'oiseleur, comme une gorgée de petit chablis un matin d'été au bord de l'eau... Du jamais-vu sur un champ de foire, son histoire. Ah, ils faisaient moins les malins, les tourmenteurs de serins, après la visite de Mistol. L'oiseleur n'y était pas allé avec le dos de la griffe. Urbain avait eu beau se précipiter avec son épuisette pour récupérer le forcené, je t'en fiche, il l'avait retrouvé dans sa cage au pied de l'échelle.

La gueule du Bourfre quand il était revenu de la pissotière ! L'oiseleur s'en enjolivait encore la mémoire, de sa gueule. Complètement foutue, sa marchandise. Un chat amoché, c'est moche, très moche.

Alors tout un banc…

Mistol se remonta la couverture sur le menton.

Il avait vendu cinq perroquets ce jour-là. Non, la camionnette qui venait de se garer ne le dérangeait pas du tout.

Trônant sur leurs coussins, huit chats attendaient le client. La jeune femme en short ne se décidait pas. Un tigré ? Un siamois ? Un angora ?

— Qu'est-ce que ça mange ? Dans la litière, je mets quoi ? Et les vaccins, ils sont déjà faits ? Il faut le montrer souvent au vétérinaire ? Vous en connaîtriez un bon à me recommander ? Je peux vous faire un chèque ? Non ?

Bourfre, inhabituellement matinal, finit de lisser les billets neufs. Un peu de patience. Il n'allait plus tarder maintenant. D'abord faire l'indifférent, celui qui a oublié ou passé l'éponge. Après tout, c'était un accident. Le rat avait déjoué la vigilance du dresseur. Ce sont des choses qui arrivent.

Sous les billets, dans la sacoche, le vaporisateur de mort-aux-rats faisait une petite bosse.

Bourfre allait laisser ce petit salopard de montreur de rats s'installer et, quand tout le monde le nez en l'air regarderait les deux premiers rongeurs s'engager sur la planche, il en profiterait pour vaporiser les autres dans leurs cages. Et même, s'il était assez rapide, il pourrait en envoyer quelques bonnes giclées sur la redingote.

Pas assez chaude, cette couverture, songea le père Mistol.

Avec l'aide de Modard, Urbain avait installé les escabeaux et la planche en un rien de temps. Très en forme au pied de l'échelle, les deux funambules attendaient patiemment l'ouverture du panier, tandis que les danseurs s'échauffaient les pattes.

Dans l'autre cage, derrière le tressage d'acier renforcé, pas un poil du clou du spectacle ne tremblait.

Sanglé dans sa redingote grise, Urbain guida les funambules jusqu'à la planche.

Modard parcourut du regard la vaste place du marché. La matinée s'annonçait chaude ; les visiteurs étaient arrivés tôt.

Le regard de Modard revint se poser sur la cage d'acier renforcé. Se figea sur un anneau de collier cassé.

Sur deux mailles coupées.

CHAPITRE SOIXANTE ET UN

L'hôpital avait fait acheminer d'urgence un grand casier rempli de doses de vaccin antirabique ultra-concentré. Le type s'en tirerait peut-être. Pas indemne, en tout cas. Déchaîné, délirant, il refusait de se laisser approcher, balançait des coups de pied à tort et à travers. Les pompiers avaient dû s'y mettre à six pour le plaquer au sol et lui entraver les pieds et les mains. Pas facile de voir clair dans ce qu'il racontait : des rats, une armée de rats, l'avaient attaqué de tous les côtés à la fois. Énormes, qui s'accrochaient à lui par le haut et par le bas, lui labouraient le dos, le visage, le crâne ; certains, comme s'ils étaient spécialisés, semblaient en vouloir particulièrement à ses yeux aux paupières arrachées, un autre s'était glissé dans sa bouche pour lui bouffer l'intérieur des joues.

Un délire de cette épaisseur, on n'en avait encore jamais vu aux urgences où on en rencontrait pourtant de sévères. Délire, délire, faut voir… Devant, derrière, en haut, en bas, la multitude de plaies béantes saignait généreusement, et trois doigts de la main droite étaient sectionnés.

On n'avait pas non plus retrouvé un morceau de coude droit gros comme un quignon de pain.

Sur place, les pompiers avaient interrogé l'oiseleur. C'était allé trop vite pour ses vieux yeux. Une torpille grise avait fondu sur tous les chats à la fois et en un clin d'œil, le banc recouvert de sang, de boyauterie et de touffes de poils n'était plus que désolation, champ de massacre. Bourfre, médusé, n'avait pas bougé. Il avait tiré d'une sacoche une bombe lacrymogène aussi désespérée que futile et, pris de démence, s'était aspergé le visage.

— Les bombes, avaient déclaré en arrivant l'un des pompiers, faut savoir s'en servir.

Mélange de douleur et de frustration, le long cri sourd qu'on avait entendu Bourfre pousser n'avait rien d'une menace. Le marchand de chats s'était mis à convulser. Il gesticulait, se secouait, essayant de se débarrasser de quelque chose qui lui courait dessus et lui poinçonnait la chair, mais ses gestes étaient si désordonnées qu'il n'aurait rien pu attraper.

— Putain, s'était exclamé le chef des pompiers en hochant la tête, c'est dégueulasse. Maintenez-le bien, les gars.

Et, pointant du doigt vers la nuque de Bourfre :

— La vache, on voit l'os !

En effet, on le voyait, cet atlas, rongé jusqu'au cartilage. Les badauds s'étaient approchés. Les gosses, surtout.

Si, si, les gosses.

Pourtant le chef des pompiers était bien plus beau avec son casque étincelant. Mais non, les gosses, c'était l'os.

Tout le monde considérait en silence ce qui restait de Bourfre.

Appuyé contre un platane, un type vomissait bruyamment.

— C'est lui, finit par dire l'oiseleur, encore lui, le rat. Celui de l'autre fois !

— Mais vous dites que vous n'avez rien vu.

— Ce n'est pas de voir qui compte, dit l'oiseleur en se retournant vers la table de nuit. L'important, c'est de savoir.

— Et par où il est parti, vous le savez ?

— Je ne serais pas étonné qu'il soit là-haut, dans le platane.

Il avait à peine prononcé ces mots qu'un morceau de chat chut et vint s'aplatir sur l'épaule du vomissant.

— Il doit déjà être loin, dit le chef des pompiers. On ne va pas lui courir après.

En chef expérimenté, il connaissait l'étendue des capacités de ses hommes aussi précisément que la hauteur de la grande échelle. Neutraliser le fauve allait bien au-delà des deux. Le rapport dirait que le coupable n'avait pu être localisé.

— On va plutôt chercher la civière. Il faudrait le piquer mais, là, il bouge trop.

— Les maladies, approuva l'oiseleur, faut pas rigoler avec. Allez donc savoir ce qu'il lui a refilé.

— Déroulez la lance, ordonna le chef des pompiers en montrant les morceaux de chats, je veux un déluge là-dessus. En vitesse, sinon ça va coller.

Quelques instants après le départ des pompiers et de l'ambulance, tandis que le père Mistol tirait un peu plus haut sa couverture, une équipe de nettoyage était arrivée pour assainir les lieux, des spécialistes en combinaison étanche et bottes de caoutchouc. Une remorqueuse avait embarqué la camionnette de Bourfre vers une proche fourrière.

Le père Mistol se réveilla en sursaut. Toute cette violence, ces bagarres, ces viols, Bourfre mutilé, aux trois-quarts mort. Deux cauchemars à quelques nuits d'intervalle, faudrait peut-être songer à réduire les somnifères opiacés.

CHAPITRE SOIXANTE-DEUX

Ils se connaissaient depuis quelques heures à peine, et néanmoins il lui semblait qu'entre eux s'était tissé une espèce de lien. Cette pensée, erronée peut-être, avait fini par lui devenir agréable. Il s'en était brièvement ouvert au dresseur, dans la camionnette qui les conduisait au marché.

— Ce sont des choses qui arrivent, avait remarqué Urbain. C'est attachant, ces petites bêtes, quand on les connaît. Surtout le museau.

Oui, songea Modard, le museau, rose, et les moustaches aussi…

— Moi, reprit Urbain, pour tout vous dire, ça m'arrive parfois, pas souvent, mais ça m'arrive. On a un cœur, hein? Attention, je garde mes distances. Si on s'attache à l'un ou à l'autre, on peut faire des jaloux. C'est très mauvais dans ce métier. Vous deux, en revanche, si vous devez travailler ensemble, ce sera d'autant mieux.

Le dresseur raisonnait toujours en professionnel.

— Vous allez faire de grandes choses.

Ils semblaient bien loin à présent, ces propos. Merde, merde, merde… Dévoré de remords et d'inquiétude, Modard, incrédule, considérait la cage vide. Une fois encore, il avait filé.

Avec les beaux projets de Modard.

Cette fois, on était quand même préparés. Si on le rattrapait, il allait payer cher sa nouvelle expédition punitive.

Une démangeaison soudaine, Modard se gratta vigoureusement l'oreille. Une autre. Nouvelle gratouille, aussi inutile.

Modard secoua la tête. Là, dans son cou, le rat perché sur sa veste lui frotta une troisième fois l'oreille de son museau avant de s'élancer vers la planche.

Tu croyais quoi ? Encore cette histoire de chats ? Si on s'associe, c'est confiance et rien d'autre. Tu veux un partenaire, bon, alors tu as des yeux, c'est le moment de t'en servir.

Impeccable, le barani, la demi-vrille, on ne pouvait pas trouver mieux comme entrée en matière. Les gens s'étaient rassemblés sous la planche. Le rat virevoltait au mépris de la pesanteur. On aurait pu entendre une mouche voler, si les mouches ne s'étaient pas posées pour admirer le spectacle. Le rat exécuta en virtuose un grand tour avant, pattes écartées, le redoutable tendu, qu'il enchaîna, comme sans effort, d'un flip poisson irréprochable avant de terminer par un pivot espagnol, et un salut final que les spectateurs massés autour de la planche applaudirent à tout rompre.

Urbain remballait son matériel.

— Quel as, dit Modard. J'ai hâte de m'y mettre.

— Ah, ça, on peut dire que ce matin, il leur en a donné pour leur argent.

— Ces applaudissements, un triomphe !

— Et tout s'est passé à merveille, Bourfre est resté avec ses chats, comme s'il n'était jamais rien arrivé. Tout ce souci que je me suis fait.

— Pour rien.

— Pour rien.

Urbain souleva la cage et se dirigea vers la camionnette.

— Rentrons, dit-il, le hangar est libre, même si l'odeur n'est pas complètement partie. On débarrasse la cuve et tout le reste, et vous pourrez monter le trapèze. Belette a hâte de vous voir commencer.

— Tout de même, ça me gêne de vous le prendre. Vous êtes sûr?

— C'est mieux comme ça, dit Urbain. Surtout pour lui. Un talent comme le sien, ça ne tient pas sur une planche. Les directeurs de cirque vont vous ouvrir grand les bras.

Les deux hommes montèrent à l'avant de la camionnette.

Deux filles en jupette les dépassèrent en faisant tinter la sonnette de leurs vélos.

CHAPITRE SOIXANTE-TROIS

Le platane avait rougi de la feuille.

Un jour férié, encore, et les visiteurs s'attardaient. On ralentissait le pas, on s'arrêtait pour écouter l'oiseleur.

Captivante, l'histoire du banc aux chats.

On repartait qui avec un serin, qui avec une perruche ou un perroquet.

La meilleure attraction, celle qui avait attiré les foules au marché, qu'on n'aurait manqué à aucun prix, les rats gris exécutant au son d'une guimbarde des figures de gymnastique et des chorégraphies dignes des plus grands ballets, était toujours là.

Mais le champion, celui qui laissait tout le monde baba ?

Le clou.

Où était-il passé ?

Le dresseur en redingote grise ne semblait pas plus facile à aborder qu'autrefois, aussi gardait-on ses questions pour soi. Restaient de beaux souvenirs, les exploits aériens du rat, ses défis incessants et pleins de grâce à la pesanteur. Un spectacle inouï.

De l'autre côté de l'océan, sous d'immenses chapiteaux bondés chaque soir, d'autres foules se délectaient d'un spectacle inédit, époustouflant, du jamais-vu.

Sur un trapèze, là-haut, en collant de satin rouge et maillot jaune pailleté d'or, Modard enchaînait whips, gazelles, ventre-chassés, pirouettes en compagnie d'un petit partenaire dont la cape verte et le collier fluorescent dessinaient dans l'espace de si incroyables figures qu'on pouvait à peine en croire ses yeux.

ÉPILOGUE

Du courrier un jour férié ?
Tiens... une carte postale.
De Bretagne.

FIN

Remerciements

Remercierai-je assez

Sophie Bogaert et l'équipe de Fugue

Camille, Sylvie et l'équipe de Trames

ainsi que tous les bons chats et les bons rats qui m'ont prodigué leurs encouragements ?

IMPRIM'VERT®

ÉDITION : SOPHIE BOGAERT
GRAPHISME DE COUVERTURE : MEANINGFUL
MISE EN PAGES, ICONOGRAPHIE
ET FABRICATION : FORMAT TYGRE

IMPRIMÉ EN FRANCE PAR CPI FIRMIN DIDOT
DÉPÔT LÉGAL : JANVIER 2024
N° D'IMPRESSION : 177608